L'ENNEMI INVISIBLE

LES ENQUÊTES DE L'INSPECTEUR HIGGINS

Déjà parus

1. Le Crime de la momie
2. L'Assassin de la Tour de Londres
3. Les Trois Crimes de Noël
4. Le Profil de l'assassin
5. Meurtre sur invitation
6. Crime Academy
7. L'Énigme du pendu
8. Mourir pour Léonard
9. Qui a tué l'astrologue ?
10. Le Crime de Confucius
11. Le Secret des Mac Gordon
12. L'Assassin du pôle Nord
13. La Disparue de Cambridge
14. La Vengeance d'Anubis
15. L'Assassinat de Don Juan
16. Crime dans la Vallée des Rois
17. Un assassin au Touquet
18. Le Crime du sphinx
19. Le Tueur du vendredi 13
20. Justice est faite
21. Assassinat chez les druides
22. La Malédiction de Toutânkhamon
23. L'École du crime
24. Le Démon de Kensington
25. L'Aiguille de Cléopâtre
26. Brexit oblige…
27. Crime sur le lac Léman
28. Comédien, assassin ?
29. Sauvez la reine !
30. L'Énigme XXL
31. Le Marchand de sable
32. Jack l'Éventreur : le retour
33. Un crime pour l'éternité
34. Les Sept Merveilles du crime
35. Crime niçois
36. L'Empreinte carbone
37. Que le diable l'emporte !
38. L'Ennemi invisible

À paraître en mars 2021

39. Le Monstre du loch Ness

CHRISTIAN JACQ

L'ENNEMI INVISIBLE

LES ENQUÊTES
DE L'INSPECTEUR HIGGINS

XO EDITIONS
J ÉDITIONS

www.inspecteurhiggins.com

www.xoeditions.com

ISBN : 978-2-37448-235-4

« C'est dans le pire que l'homme est le meilleur. »

Coluche

L'Égypte menant à tout, j'ai eu la chance, lors d'un séjour de recherche au British Museum, de rencontrer un personnage extraordinaire. Aimant se faire appeler Higgins, en dépit de ses titres de noblesse, cet inspecteur de Scotland Yard avait été chargé d'un grand nombre d'enquêtes spéciales, particulièrement complexes ou « sensibles ».

Entre nous, le courant est immédiatement passé. D'une vaste culture, Higgins m'a accordé un privilège rare en m'invitant dans sa demeure familiale, une superbe propriété au cœur de la campagne anglaise. Et il m'a montré un trésor : ses carnets relatant les affaires qu'il avait résolues.

J'ai vécu des heures passionnantes en l'écoutant et obtenu un second privilège : écrire le déroulement de ces enquêtes criminelles, fertiles en mystères et en rebondissements.

Voici l'une d'entre elles.

— 1 —

Ahurissant. Donald Dyck ne parvenait pas à y croire. Pourtant, il avait eu les preuves sous les yeux. Scientifique de haut niveau, sérieux à en mourir, dépourvu de toute imagination, il incarnait le rationalisme et la science, la nouvelle vérité absolue que seuls quelques passéistes osaient remettre en cause.

Surdoué en mathématiques, en physique et en chimie, Dyck s'était vite passionné pour la biologie et, après avoir obtenu une kyrielle de diplômes à Oxford, avait été engagé par un laboratoire de pointe pour suivre la voie royale : l'étude des virus.

Ce n'était pas son seul employeur. Comme beaucoup de brillants universitaires, il avait été contacté par un recruteur des services secrets britanniques, en l'occurrence le MI5, chargé de la sécurité intérieure.

On pouvait être chercheur et patriote. Le jeune homme estimait que les scientifiques, qui travaillaient pour le bonheur de l'humanité, n'avaient rien à cacher.

Son début de carrière lui avait démontré le contraire. Dans son labo hautement sécurisé, on procédait à des expérimentations qu'il était rigoureusement interdit de porter à la connaissance du grand public. Décontenancé, Donald Dyck s'était soumis à la règle. Pas question de renoncer à un métier exceptionnel.

Mais le MI5, ce n'était pas le grand public. Et son « officier traitant » voulait tout savoir. Rien de dérangeant dans un premier temps. Puis la situation avait brusquement évolué. Un danger que le chercheur avait jugé négligeable, avant de détecter des indices plus ou moins troublants.

Le doute venait de se dissiper. Et il y avait vraiment de quoi sombrer dans la dépression. Le mythe du savant fou n'aurait dû exister que dans les romans et les films.

Hélas, mille fois hélas, c'était la réalité !

Malgré son effroyable découverte, Dyck avait tenté de faire bonne figure et de se comporter comme d'ordinaire sur son lieu de travail.

Tel un somnambule, il avait regagné son appartement londonien pour le week-end. En état de choc, il était resté assis sur son lit le samedi entier, sans s'alimenter, le cerveau en fusion. Au sortir d'un sommeil peuplé de cauchemars, il avait vidé une demi-bouteille de gin médiocre, oubliée au fond d'un placard.

Le dimanche 2 février, à vingt et une heures quinze, il appela, comme prévu, son officier traitant.

*

— La tourterelle s'est posée, déclara Donald Dyck.

— Le corbeau n'a pas dérobé son nid, répondit son correspondant.

— Il faut qu'on se rencontre. Urgence absolue.

— À ce point ?

— C'est l'« ultime étape ». Vous m'entendez bien ? L'ultime étape !

— En êtes-vous sûr ?

— Sûr de sûr !

— Et vous savez qui…

— Oui, je sais qui. Si vous n'intervenez pas très vite, le pire arrivera.

— Le nom du responsable ?

Un silence. Un long silence.

— Donald ? Vous êtes là ? Donald ?

Le jeune homme ne s'exprima plus.

Il était vingt et une heures seize.

L'officier du MI5 lança l'alerte P4.

— 2 —

Mary, la gouvernante du domaine familial de l'ex-inspecteur-chef Higgins, sis à The Slaughterers, dans le Gloucestershire, observait l'entrée principale de l'une des fenêtres de sa grande cuisine. Âgée de soixante-dix ans depuis toujours, elle avait traversé guerres, crises économiques et épidémies sans contracter le moindre rhume. Véritable cordon bleu, elle préparait des plats succulents. Four ancien et cuisinière à bois étaient ses armes secrètes. Surtout pas de micro-ondes qui détruisait l'énergie contenue dans les aliments. En revanche, Mary s'était adaptée à la révolution numérique. Équipée du matériel le plus récent, elle surfait sur la Toile avec la virtuosité de Rubinstein, lisait sur écran *The Sun*, son journal préféré, qui révélait toutes les turpitudes, et entretenait des dialogues soutenus avec ses copines, parmi lesquelles figuraient les meilleures voyantes du Royaume-Uni.

Croyant en Dieu et en l'Angleterre, Mary ne badinait ni sur la morale, ni sur les horaires, ni sur l'hygiène. Vu le menu qu'elle avait concocté, elle commençait à pester contre le début de retard de Higgins, parti se promener avec son chien Geb.

Grâce au réchauffement climatique, les hivers étaient moins rudes et la neige plus rare, mais le vent soufflait davantage. Et ce lundi 3 février appartenait au genre glacial. Aussi Mary avait-elle veillé à l'équipement des deux complices : bonnet de fourrure, manteau épais et bottes pour Higgins, petit lainage couvrant les reins pour Geb. Le chat siamois Trafalgar ne sortait plus depuis le début de l'automne et se contentait de digérer son repas au coin du feu en rêvant du suivant.

Enfin, elle les aperçut ! Les yeux pétillants d'intelligence, Geb était haut sur pattes, vif et gourmand. Récemment décoré pour avoir contribué à la mise hors d'état de nuire d'un tueur en série[1], il savait supplier Mary d'un regard aussi désespéré qu'affamé afin d'obtenir des suppléments.

De taille moyenne, plutôt trapu, les cheveux noirs, la lèvre supérieure ornée d'une moustache poivre et sel admirablement taillée et lissée, les tempes grisonnantes, l'œil malicieux et inquisiteur, Higgins, considéré comme le meilleur « nez » de Scotland Yard, avait néanmoins pris une retraite anticipée, en raison d'un différend d'ordre moral avec sa hiérarchie. Impossible de transiger sur des valeurs comme la rectitude, la loyauté et l'amitié, certes périmées, mais qu'il jugeait essentielles.

---

1. Voir *Que le diable l'emporte !*, Les Enquêtes de l'inspecteur Higgins, n° 37.

Se retirer dans le domaine de ses ancêtres avait été un pur bonheur. Entretenir sa roseraie et son potager – d'où était exclu tout produit chimique –, tondre sa pelouse, relire les bons auteurs, écouter Purcell, Haendel, Bach et Mozart, promener son chien et faire ronronner son chat : il existait des destins plus cruels.

Chaque jour, l'ex-inspecteur-chef goûtait la sérénité de son manoir : toit d'ardoises aux reflets grisés, murs de pierre blanche, fenêtres XVIIIe à petits carreaux rythmant deux étages disposés selon le nombre d'or, hautes cheminées de pierre, porche soutenu par deux colonnes. Des chênes centenaires dominaient un cadre de verdure.

Maintenant, il fallait se hâter. L'ex-inspecteur-chef n'avait plus beaucoup de temps pour se doucher et se vêtir correctement. Déjeuner oblige.

★

À midi pile, une bouteille de saint-émilion à la main, il pénétra dans la salle à manger en même temps que Mary, suivie du chien et du chat qui se cachèrent sous la table afin de quémander un repas pourtant copieux.

Très digne dans son ensemble mauve partiellement couvert d'un tablier blanc immaculé, Mary était en pétard. Tout en servant une soupe de champignons à l'orge perlé, une petite merveille composée de cèpes, de chanterelles, de pleurotes, de bolets, de pommes de terre, de brins de thym, d'ail haché menu, de demicrème, de céréales et de vin blanc, la gouvernante laissa exploser son indignation.

— Mon Dieu, dans quel monde vivons-nous ! Vous connaissez la dernière ? Tous les « sachants » à la noix nous empoisonnent avec leur pollution et leurs médicaments mortels, et vous savez qui ils accusent ? Les manchots royaux de l'Arctique ! Pourquoi ? Parce qu'en faisant leurs besoins, ils produisent un gaz hilarant à effet de serre. Un grand professeur danois ne va pas tarder à proposer leur extermination. Là, les écolos, on ne les entend pas ! Il faut dire que la cause animale ne les a jamais intéressés. Eh bien moi, avec mes copines, je monte un collectif pour la sauvegarde des manchots. On va en parler et personne ne nous clouera le bec.

Higgins n'en doutait pas. Suivit un ragoût de veau, mijoté pendant près de trois heures. Poivre, laurier, piment rouge, gousses d'ail, persil plat et vin blanc agrémentaient une viande délicieuse, accompagnée de côtes de bettes et de courge coupée en petits dés. Décemment, Higgins ne pouvait en priver Geb et Trafalgar. Le trio croyait agir en secret, alors que Mary préférait ne rien voir.

Quand elle apporta le dessert, des tartelettes aux poires et aux marrons, elle avait toujours une mine contrariée.

— Votre collectif ne fonctionne pas ? s'inquiéta l'ex-inspecteur-chef.

— Si, si... très bien. On réussira à faire interner le grand professeur anti-manchots. Mais d'après mes voyantes, un grave danger menace la planète. Un vrai danger. Elles n'ont jamais été si inquiètes.

Dans la cuisine, le téléphone sonna.

— 3 —

Perplexe, Higgins donna la dernière tartelette à Geb et but une gorgée de saint-émilion, le remède qui d'après « Les médecins amis du vin », réunis chaque année en congrès, généralement à Bordeaux, guérissait presque tous les maux.

La conversation durait depuis un bon quart d'heure. Un événement anormal. D'ordinaire, Mary préférait discuter sur la Toile.

Enfin, elle réapparut.

— Un monsieur charmant, très bien éduqué, avec une voix de crooner. Nous avons parlé du temps, de cuisine et de manchots. Il adhère à mon collectif.

— Qui est-ce ?

— Thorney Millbank. Il veut vous parler.

Le visage de Higgins se figea, au point d'étonner Mary, Geb et Trafalgar, qui le fixèrent en attendant une réaction, qui tardait à venir.

— Vous le prenez ou non ?

— La plus élémentaire des politesses l'exige.

À l'évidence, il ne s'agissait pas d'un ami.

Mary autorisa l'accès à son domaine réservé et tendit à l'ex-inspecteur-chef un portable de dernière génération.

— Higgins, j'écoute.

— Thorney Millbank. Vous voyez qui je suis ?

— Il y a des milliards d'êtres humains, mais chaque voix est caractéristique. À moins que vous ne soyez un excellent imitateur.

— Non, c'est bien moi. Comme il est noté dans le dossier vous concernant, votre gouvernante est une personne remarquable.

— C'est exact.

— Rien qu'à la description d'une de ses recettes, on en a l'eau à la bouche ! Je n'ai pas interrompu votre déjeuner, j'espère ?

— J'avais terminé.

— Tant mieux, tant mieux... Je n'aime pas importuner autrui, en temps ordinaire. Mais nous vivons malheureusement un moment extraordinaire, au mauvais sens du terme. C'est pourquoi je me suis permis de troubler votre retraite.

— Votre dossier ne précise-t-il pas qu'elle est... définitive ?

— Inspecteur, je vous prends en défaut ! En certaines circonstances, particulièrement délicates, les autorités font appel à vous. Pour des raisons qui vous sont propres, vous acceptez de rechercher des vérités à ne pas glisser dans toutes les oreilles. Et vos résultats, je vous le confie, suscitent mon admiration.

— Si vous en veniez au fait.

— J'y viens, j'y viens ! Mon… organisation a un souci. Un gros souci. Un très gros souci. Plus grave que vous ne pouvez l'imaginer. Aussi aimerais-je vous consulter.

— En quoi mon opinion vous serait-elle utile ?

— Je souhaite davantage que votre opinion : une intervention directe.

— Je vous rappelle que…

— Je sais, inspecteur, je sais ! Mais avant de refuser, accordez-moi la grâce de m'entendre. Quoique je n'aie qu'un mince espoir de vous convaincre, je me dois d'essayer, afin d'éviter, peut-être, une tragédie dont l'ampleur vous effraiera.

L'interlocuteur de Higgins étant le contraire d'un plaisantin, et n'ayant pas l'habitude d'avoir un contact aussi direct, l'ex-inspecteur-chef fut intrigué.

— Qu'attendez-vous dans l'immédiat ?

— Un dîner, ce soir, à Hampstead. Restaurant On the Beach, au fond de l'impasse de Lostway. Je vous envoie un hélicoptère qui se posera à quelques miles de chez vous. Une Rolls viendra vous chercher. Si vous acceptez, je réserve une suite au Connaught, votre hôtel préféré.

— À quoi m'engage vraiment votre invitation ?

— Ce que je vais vous révéler est épouvantable. Quoi qu'il advienne, à l'issue de notre rencontre, me jurez-vous de garder le secret ?

— Vous avez ma parole.

— Je connais sa valeur. À ce soir, inspecteur.

*

Dans le hall du manoir, Mary avait ouvert deux valises.

— La conversation a été enregistrée, déclara-t-elle. Elle est bonne, celle-là ! Le grand patron du MI5 en personne !

— Comment le savez-vous ?

— Le MI5, le service de contre-espionnage intérieur, occupe un bâtiment à Millbank. Et les visiteurs de marque y accèdent par une entrée dérobée, dans Thorney Street. On manque de créativité, chez les barbouzes ! Pas besoin d'être Sherlock Holmes pour deviner que c'est le grand patron en personne qui vous a appelé.

— Un coup d'épée dans l'eau.

— Détrompez-vous ! Deux voyantes viennent de me prévenir : vous allez être en plein cœur du tsunami ! Manquait plus que ça… Habillez-vous chaudement, mangez correctement, ne buvez pas trop, et n'oubliez pas vos granules d'*Influenzinum* et de *Belladonna* contre la grippe. Au moins, tâchez d'être efficace.

— 4 —

Higgins avait longuement expliqué à Geb et à Trafalgar que la durée de son absence était encore indéterminée. Pour le chien, que Higgins avait arraché à une mort atroce[1], l'ex-inspecteur-chef était un demi-dieu. Être privé de sa présence, même quelques jours, représentait une dure épreuve. Heureusement, il y avait Mary, qui continuerait à fermer les yeux sur un certain nombre de bêtises et redoublerait d'affection, tout en promettant la plus sévère des disciplines.

*

Par temps calme, un vol paisible en hélicoptère. Passant d'une Rolls à une autre, Higgins fut véhiculé en douceur au quartier de Hampstead qui, malgré l'urbanisation galopante de Londres, conservait encore des espaces verts et de belles propriétés entourées d'arbres.

---

1. Voir *La Vengeance d'Anubis*, Les Enquêtes de l'inspecteur Higgins, n° 14.

Dénicher Lostway n'était pas une sinécure. Seuls des habitués et des connaisseurs fréquentaient le restaurant On the Beach, tapi au fond d'une impasse. Sa porte ressemblait à celle d'une prison.

— Je vous attends, sir, et je vous mènerai à votre hôtel, dit le chauffeur.

Higgins sonna.

Un maître d'hôtel en jaquette lui ouvrit, l'œil suspicieux.

— J'ai rendez-vous avec M. Millbank.

— En effet. Je vous précède.

Le maître d'hôtel longea une salle bien remplie, en majorité par des couples, et conduisit Higgins à un salon baigné d'une lumière tamisée et aux murs tapissés de velours rouge.

— Heureux de vous accueillir, inspecteur.

L'homme qui se leva était le sosie de l'acteur français Paul Meurisse, qui avait joué le rôle d'un chef de réseau de résistants à l'occupation nazie dans *L'Armée des ombres*, le chef-d'œuvre de Melville.

— Ici, nous serons tranquilles, assura le patron du MI5. Le propriétaire est un ami.

« Autrement dit, pensa Higgins, un indicateur. »

— Dans ce salon, ni micros ni caméras, même ultra-miniaturisés, affirma Millbank. Je vous assure que notre conversation ne sera enregistrée d'aucune manière. Raison majeure : cela m'arrange, et je vous expliquerai pourquoi.

Voix grave et mélodieuse, attitude posée : le maître du contre-espionnage britannique avait une personnalité à la fois forte et discrète. On ne savait presque rien de lui, sinon qu'adolescent, il avait été un joueur d'échecs de niveau international. Brillantes études à Eton, et longue carrière au MI5.

Les deux hommes s'assirent, le maître d'hôtel apporta deux flûtes de champagne.

— À la santé de notre petite planète, inspecteur ! Elle en a besoin.

Un brut impérial aux bulles très fines, et sans acidité. Le dîner débutait bien.

— Si vous y consentez, Higgins, oublions nos quartiers de noblesse et devisons comme de vieux amis. Les vôtres sont d'ailleurs supérieurs aux miens, mais vous ne les étalez jamais.

Une telle proposition prouvait à quel point le grand patron du MI5 était embarrassé et tenait à s'attirer la sympathie de son interlocuteur.

— Malgré la gravité de la situation, je suis heureux de partager avec vous un repas à l'ancienne. Il n'atteindra sûrement pas le niveau de Mary, mais échappera à la tyrannie des diététiciens de tout poil. Figurez-vous que ma fille aînée est devenue militante végane. Plus un seul aliment d'origine animale dans son assiette. Elle refuse d'utiliser des cosmétiques à base de cire d'abeille et ne porte plus de chaussures en cuir ! Comme si ça ne suffisait pas, elle n'achète plus que du liquide vaisselle végane.

Les confidences du chef du MI5 étaient surprenantes. En bon stratège, il voulait mettre Higgins en confiance avant de déclencher une offensive victorieuse.

Premier plat : une tarte flambée à la courge et aux champignons. Certes, Mary aurait dosé différemment le persil, les oignons et le vinaigre balsamique, mais le goût était acceptable.

Le sommelier présenta une belle bouteille armoriée.

— J'ai choisi un brunello assez rare, qui provient d'un vignoble toscan sur lequel règne un vieux duc très attentif à sa production. Qu'en pensez-vous ? demanda Millbank.

L'ex-inspecteur-chef se concentra et but une légère gorgée.

— Vieillissement contrôlé, structure solide, long en bouche… enchanteur.

— Ravi de satisfaire un connaisseur ! On néglige trop les petits plaisirs de l'existence, en oubliant qu'ils ne sont pas éternels. Je me demande parfois si la sagesse n'a pas définitivement quitté notre monde.

— Tout en craignant que vous n'ayez raison, j'aimerais savoir pourquoi j'ai l'honneur d'être votre invité.

— À cause de votre spécialité : l'assassinat.

— 5 —

Le ton du patron du MI5 changea légèrement.

— L'un de mes meilleurs agents, Donald Dyck, un scientifique de haut niveau, a été brutalement éliminé, hier soir, à son domicile. Il ne s'agit pas d'un meurtre que l'on pourrait qualifier d'ordinaire. Nous connaissons l'heure précise du crime : vingt et une heures seize. À ce moment-là, il appelait son officier traitant pour lui communiquer un renseignement fondamental. Sa voix s'est brusquement éteinte, et l'information ne nous est pas parvenue. Immédiatement alerté, j'ai fait nettoyer les lieux. Ce drame passera totalement inaperçu.

Les révélations s'interrompirent lorsque le maître d'hôtel apporta une salade de cervelas à l'emmenthal, aux oignons rouges, aux tomates cerises, aux cornichons et à l'huile d'olive.

Higgins en profita pour sortir de la poche de sa veste un carnet noir et un crayon finement taillé.

— Ainsi, constata Millbank, ce n'est pas une légende. Vous travaillez vraiment à l'ancienne.

— Je me méfie de ma mémoire. De plus, écrire favorise la réflexion. Les éléments de l'enquête s'incarnent vraiment.

— C'est une sorte d'enregistrement et...

— Voici ma proposition : je prends des notes, afin de ne rien perdre de vos propos. À la fin de notre entretien, deux possibilités : soit j'accepte d'enquêter, et je disposerai d'un matériel précieux ; soit je renonce, et je vous donne ce carnet. En outre, je vous ai promis le silence.

— Marché conclu, inspecteur. Je reviens donc à l'assassinat de Donald Dyck, un garçon surdoué promis à une belle carrière, dans la biologie comme dans l'espionnage. Je l'appréciais beaucoup. Je sais comment et pourquoi il a été exécuté. Reste à savoir par qui. Le « comment », nous l'avons appris grâce à Babkocks, votre médecin légiste préféré, qui a opéré avec une rapidité et une compétence remarquables. Un caractère difficile, mais un professionnel de haut vol. Sa conclusion est formelle : l'assassin a utilisé un pistolet très spécial, fabriqué par l'ex-KGB soviétique, devenu le FSB, et toujours aussi efficace. Un tube de verre contenant de l'acide cyanhydrique et un mécanisme assez simple de mise à feu. Celui-ci étant complété par une aiguille qui a laissé une trace minuscule dans le cou de la victime. Mort foudroyante, ressemblant à une crise cardiaque. Il a fallu du sang-froid et de la précision.

— Si je ne m'abuse, observa Higgins, c'est probablement un agent secret, russe de préférence, qui a éliminé un autre agent secret.

— Bien que cette pratique soit plus rare qu'on ne l'imagine, c'est ce qu'on voudrait nous faire croire. Mais la réalité est très différente.

Visiblement contrarié, le patron du MI5 eut besoin d'une gorgée de brunello avant de poursuivre son récit.

— Voilà trois ans environ que mes collègues du MI6 mènent une enquête sur un sujet brûlant. Comme la « dernière étape », selon l'ultime rapport de Dyck, doit se dérouler sur notre territoire, on m'a confié le dossier, le pire que j'aie eu à traiter. Savez-vous ce qu'est un P4[1], inspecteur ?

— Un laboratoire à haut risque, me semble-t-il.

— C'est le moins que l'on puisse dire ! P4 signifie « pathogène de classe 4 ». Selon les chercheurs qui tripotent les agents pathogènes, la classe 1 ne présente aucun danger pour les humains. La 2, si, mais l'on dispose d'un traitement et l'on est persuadé que la propagation – accidentelle, bien entendu – d'un de ces agents ne se transformera pas en épidémie, alors que c'est le cas de la classe 3, dans laquelle a été rangé le SRAS. On a pu, au moins en partie, soigner les malades qui étaient atteints de cette infection pulmonaire. Avec la classe 4, on change de niveau. Rien que des virus mortels, provoquant fièvres hémorragiques, maladies infectieuses et épidémies, de type Ebola, Lassa, Marburg, Machupo et autres. Il existe des P4 dans au moins vingt et un pays, et leur nombre exact est inconnu, sauf peut-être du MI6 et

1. En anglais, BSL 4, pour *Biosafety Level 4*.

de ses meilleurs homologues. En revanche, je connais l'emplacement des P4 sur le territoire britannique. L'un d'eux a été implanté dans un coin perdu du pays de Galles. On s'y adonne aux expériences les plus dangereuses. Et c'est là qu'était employé mon agent, Donald Dyck. Sa mission : m'informer de *toutes* les activités de ce labo et des éventuels incidents. Nous n'avions pas envisagé une issue si tragique.

— 6 —

Le plat suivant fut un osso-buco de belle tenue. Des jarrets de veau fondants, une sauce à base de vin blanc et de tomate, et une *gremolata* composée de fleur de sel, d'un zeste de citron, d'ail et de basilic.

— Tout ce que je vais maintenant vous apprendre, inspecteur, relève des fake news et de la théorie du complot, l'argument décisif pour faire taire quiconque oserait proférer une vérité que le bon peuple ne doit surtout pas connaître. D'ailleurs, il n'y a jamais eu de complot, comme le démontrent les historiens sérieux. Brutus n'a jamais comploté contre César. Ce dernier a glissé sur une dalle mouillée et s'est bêtement embroché sur le poignard que nettoyait son fils adoptif. Kennedy n'a pas été la victime d'un quelconque complot, mais a reçu une balle perdue lors d'un accident de voiture. Aucune guerre bactériologique n'a jamais eu lieu, même si des milliers de gens en sont morts. Impossible de répandre un virus pour obtenir une contamination par voie aérienne.

— L'épisode du Covid-19 ne démontre-t-il pas le contraire ?

— Pas d'interprétation outrancière, inspecteur ! Quel État aurait l'idée saugrenue d'utiliser un P4 comme arme de destruction massive ?

L'ironie du patron du MI5 dissimulait mal son anxiété.

— Ces P4 ne sont-ils pas des chaudrons de l'enfer sur terre ? avança Higgins.

— J'en ai peur. Comme il y a autant de détraqués chez les scientifiques que dans les autres catégories professionnelles, leur abandonner ce genre de labo fait redouter le pire. Et le pire est en train d'arriver.

Dans les pubs, autour d'une pinte, cette prédiction n'était pas rare. Dans ce restaurant, c'était le chef du service de contre-espionnage britannique qui la formulait.

— À ma connaissance, poursuivit-il, le premier cinglé est un Néerlandais, le virologue Ron Fouchier. Bien que ravageur, le virus de la grippe H5N1 avait un défaut à ses yeux : il ne se transmettait pas aisément entre humains. Un superbe effort lui a permis d'atteindre son objectif : le rendre hautement contagieux. Quelques protestations, çà et là, mais qui oserait accuser de meurtre un chercheur de cette qualité ? En 2005, c'est toute une équipe qui, sous l'impulsion d'Adolfo García-Sastre, aux États-Unis, a accompli un autre exploit : recréer le virus de la grippe espagnole, qui a fait des millions de morts en 1918. Le monde scientifique a salué cette prouesse technique. La doctrine connue sous le nom de « gain de fonction » consiste à rendre plus infectieux des virus connus, et personne ne s'en émeut, puisque les chercheurs se consacrent au bonheur de l'humanité.

Une deuxième bouteille de brunello ne fut pas de trop.

— Les P4 ne sont-ils pas totalement sécurisés ? s'inquiéta Higgins.

— Officiellement, aucun souci. Le travail y est réservé à des spécialistes en tenue de scaphandrier, sur mesure. Conditions sanitaires drastiques, sas, contrôles, etc. Catastrophe impossible... comme à Tchernobyl ou à Fukushima, dans le domaine du nucléaire. Dormez tranquilles, citoyens.

— Vous n'êtes pas très rassurant.

— Pas plus que Simon Wain-Hobson, de l'Institut Pasteur, qui a lancé cette mise en garde : « Une erreur de manipulation, une fuite, une mauvaise intention, et un virus OGM peut aisément contaminer les gens et provoquer entre cent mille et cent millions de morts. » De nombreux problèmes ont été signalés entre 2003 et 2013 ; depuis, les revues qui diffusent les positions de la science officielle ont été fermement priées de se taire. Et je ne vous parle pas de l'intrusion d'un SDF dans le P4 de Lyon, en France... Pour un savant fou ou malveillant, ou les deux, aucune difficulté insurmontable, s'il désire dérober ce que Dyck appelait des « éprouvettes multivirus ». Et c'est malheureusement ce qui s'est produit, selon un plan en quatre étapes. La première et la deuxième consistèrent précisément à en dérober plusieurs, dans au moins deux pays. Le MI6 est resté discret, mais je crois savoir qu'il s'agit de la Norvège et des États-Unis. Secret d'État et silence absolu. Troisième étape : une expérience « gain de fonction » à Wuhan, où l'on a rendu un coronavirus beaucoup plus infectieux, tout en abaissant le niveau de protection de P4 à P2. Vous connaissez le résultat. Le malheureux pangolin, bientôt éradiqué, et la chauve-souris ont bon dos. Ces explications, notamment la « théorie du pangolin », font rire les spécialistes, mais elles ont le mérite d'apaiser l'opinion publique. Quatrième et dernière étape : le labo du pays de Galles, qui présente une particularité : être à la pointe de la fabrication d'un vaccin universel. Pour y parvenir, il est indispensable d'élaborer un cocktail composé des pires saloperies.

— Un cocktail dérobé, lui aussi ?

— Malheureusement oui. Wuhan n'était qu'un coup d'essai. Performant, certes, mais limité. À l'échelle planétaire, un nombre de morts relativement faible. L'assassin de mon agent, qui l'avait identifié, espère beaucoup mieux.

— Le coupable n'est certainement pas un cambrioleur ordinaire, estima Higgins. En tenant compte des rapports du MI6 et de vos propres investigations, vous avez forcément une liste de suspects.

— J'en ai une.

— 7 —

Le maître d'hôtel servit des entrecôtes d'Angus, un bœuf irlandais qui passait au moins deux tiers de l'année au pâturage. Nourri de multiples plantes, il offrait une viande que les amateurs considéraient comme le summum. Juste un peu de sel et de poivre, et un goût à nul autre pareil.

— Nous subissons une nouvelle tyrannie, reprit le patron du MI5 : celle des experts. Pendant l'épidémie de Covid-19, les plateaux de télévision ont été envahis d'épidémiologistes, de vaccinologues, de virologues, d'infectiologues, d'immunologues et même de contaminologues. Ils n'ont pas cessé de s'entre-déchirer, et chacun s'est aperçu qu'ils parlaient pour ne rien dire. Ma préférence va aux épidémiologistes, qui ne savent ni prédire une épidémie, ni préciser sa gravité et sa durée, ni expliquer sa cause. Mais tous ces gens-là font autorité, comme les experts nommés par l'AIEA, l'Agence internationale de l'énergie atomique, pour enquêter sur l'Iran. Ils n'ont détecté aucune anomalie et n'ont remarqué que des bouilloires pour le thé. Il est vrai que le nucléaire militaire est fondamentalement différent du nucléaire civil, et que la parole des Iraniens est digne de confiance. Seul Trump n'y a pas cru, mais ce n'est pas un expert. Notre monde est malade de l'expertocratie, inspecteur, et je ne vois pas qui pourrait le guérir. Ma liste de suspects ne comporte précisément que des experts chargés de visiter les P4, de vérifier leur haut niveau de sécurité et de s'assurer que leurs recherches sont au service du progrès et du bien-être planétaires. Uniquement de grands professeurs, bardés de diplômes, reconnus par la prestigieuse OMS, et dont l'avis fait autorité. L'OMS, qui a totalement innocenté la Chine dans l'affaire du P4 de Wuhan. Bien que cette brillante institution soit aux mains des Chinois, croyons à son absolue indépendance et à la totale intégrité de ses dirigeants. Sinon, nous sombrerions dans la théorie du complot. Savez-vous pourquoi la nouvelle pandémie, le 12 février 2020, a été baptisée Covid-19 par l'OMS ? Parce que ce nom est dénué de référence stigmatisante à un pays en particulier, la Chine par exemple. Il a quand même fallu, au terme de séances houleuses, admettre que l'épidémie s'était transformée en pandémie. Un courage intellectuel digne d'éloge. Régalons-nous de cette viande exceptionnelle, pendant qu'il en est encore temps.

« Surprenantes confidences, pensa Higgins. Sincérité ou calcul d'un joueur d'échecs ? »

Millbank posa une serviette en cuir sur la table.

— À l'intérieur, les dossiers des suspects. Parmi eux, un savant extrêmement dangereux, qui pourrait devenir le plus grand criminel de l'Histoire. Bien que je ne dispose d'aucune preuve, mon instinct me pousse à supposer qu'il n'a pas agi seul. Si vous acceptez d'enquêter, je vous remets cette serviette.

Un doigt du revigorant vin italien favorisa la réflexion de l'ex-inspecteur-chef.

— Un détail m'étonne, avoua-t-il. Vous avez les moyens d'identifier ce terrifiant personnage sans moi.

— Justement non, car j'ai une autre enquête à mener, douloureuse et humiliante. J'attendais cette question de votre part et je suis, hélas, contraint d'y répondre.

Le patron du MI5 baissa les yeux.

— L'assassin de Donald Dyck a frappé juste, au bon endroit et au bon moment, parce qu'il avait été renseigné. Et les informations lui ont forcément été fournies par l'un de mes proches collaborateurs. Pour le moment, le MI5 est paralysé. Toute initiative serait portée à la connaissance de l'ennemi. À moi d'arracher la racine du Mal dans mon propre jardin. De votre côté, celui de Scotland Yard, un crime à élucider. Pas de MI5 en vue, ce qui rassurera le ou les coupables, qui croiront m'avoir berné. Ils ne connaissent pas votre ténacité. Si vous décidez de découvrir la vérité, vous la découvrirez. La taupe ignore que nous nous sommes rencontrés et que je vous ai tout dit. Pour moi, vous êtes l'homme de la situation.

— La hiérarchie de Scotland Yard...

— Ne vous en préoccupez pas. Vous aurez les pleins pouvoirs et carte blanche. Le Premier ministre est un ami.

— Je devrai cependant utiliser la logistique du Yard.

— Naturellement.

— Le superintendant Scott Marlow me fournira une aide précieuse. Impossible de lui mentir, même par omission.

— Un policier honnête, commenta Millbank. Vous portez-vous garant de son silence sur le fond de l'affaire ?

— Je m'en porte garant.

— Puis-je conclure que vous acceptez mon offre d'embauche ?

Higgins hocha la tête. Le patron du MI5 poussa la serviette vers lui.

— Je ne suis pas amateur de desserts. En revanche, un authentique cognac facilitera la digestion.

Bien que les diététiciens contestassent cette théorie, les convives apprécièrent un nectar ambré aux arômes subtils.

— Je vous ai préparé le terrain, inspecteur. Dès l'annonce de la mort de Donald Dyck, l'alerte P4 a été lancée. Difficulté majeure : interdire aux suspects de quitter notre territoire et les immobiliser au maximum, ce qui devrait empêcher le voleur de partir avec ses fioles meurtrières vers une destination inconnue.

— Comment avez-vous procédé ?

— J'ai contacté William Wiltshire, le directeur du laboratoire du pays de Galles, qui s'est mépris sur le sens de mon appel. « Un drame, a-t-il affirmé. Un drame épouvantable. On a dérobé... dérobé... Vous comprenez ? Je ne sais pas ce qui a pu se passer, la sécurité était absolue ! » Je l'entends encore. Un homme pris de panique. « Quand est-ce arrivé ? » ai-je demandé. « Hier, samedi 1er février. » « Des soupçons ? » Un long silence. Puis Wiltshire a conclu qu'il ne pouvait s'agir que de l'un des membres du groupe d'experts auxquels il avait ouvert toutes les portes de son laboratoire. Le même groupe qui avait participé aux trois premières étapes et qui est maintenant associé à la solution finale, si vous me passez cette horrible expression. Mais la science actuelle n'aurait-elle pas été l'arme dont rêvaient Hitler et les médecins nazis ?

Le cognac aida à maîtriser une émotion partagée.

— Vu la position éminente de Wiltshire, le MI5 s'est intéressé à lui. Fils unique de petits commerçants, biologiste et homosexuel discret. Le problème, c'est son compagnon. Un Russe.

— Comme le pistolet qui a servi à tuer votre agent.

— Peut-être une coïncidence, inspecteur.

— Peut-être.

— En tout cas, une liaison dispendieuse. Wiltshire gâte son amant : appartement de standing, voiture haut de gamme, restaurants chics, vacances à Acapulco. Des sommes qui dépassent son salaire, pourtant honorable. L'homosexualité ne pose plus de problème dans notre société, mais fricoter avec un Russe en Angleterre peut conduire à la décapitation à la Tour de Londres. Dans le métier, on appelle cela une pince. Et j'ai pincé William Wiltshire. En échange de mon silence, il me rendrait service si nécessaire. L'occasion s'est présentée. Pendant un bon quart d'heure, il a affirmé son innocence. En utilisant des moyens qu'il ignorait, l'un des experts n'est pas reparti les mains vides de son laboratoire. En me l'avouant, Wiltshire se condamnait à la déchéance. Je l'ai calmé en lui accordant une porte de sortie : contacter immédiatement les experts et leur annoncer qu'un accident s'était produit pendant leur inspection. Un impératif : les confiner au moins deux semaines et les examiner quotidiennement. L'assassin n'y a sans doute pas cru, mais il était obligé de se soumettre à cette mesure de prévention, sous peine d'éveiller les soupçons. Depuis ce matin, tous les experts sont donc assignés à résidence. Tout au long de la journée, ils ont subi des examens médicaux, garants du sérieux de la situation.

— Échec au roi, constata Higgins.

— Mais pas encore échec et mat. Je vous en laisse volontiers le privilège. On qualifie les virus d'« ennemis invisibles ». Faites sortir des ténèbres le démon qui les manipule, et vous sauverez la vie à des millions de gens.

— 8 —

Malgré le confort de sa suite du Connaught, Higgins ne passa pas une nuit tranquille. D'abord, tout en buvant une tisane de thym au miel, il lut les dossiers remis par le patron du MI5. Ensuite, il se demanda s'il n'était pas le simple pion d'un jeu entre les mains du grand maître qui seul connaissait les règles. Tant de confidences de la part d'un professionnel du contre-espionnage qui avait su s'entourer d'une muraille de mystère... Fake news, théorie du complot, hypothèses absurdes : le récit hallucinant de Millbank correspondait-il à la réalité ou n'était-il qu'un enfumage ?

Faire confiance, de surcroît à un chef des services secrets, était la pire erreur qu'un enquêteur puisse commettre. À Higgins d'exercer son intuition.

En savourant un pur arabica lors du breakfast, il jugea indispensable de procéder par étapes. D'abord, s'assurer du soutien de Scotland Yard ; ensuite, engager une enquête criminelle selon sa méthode. Jusqu'où cette démarche le conduirait-elle ? Il serait toujours temps d'aviser.

★

Le superintendant de première classe Scott Marlow était entré à Scotland Yard comme on entre en religion. Pour lui, la devise du fondateur restait d'actualité : protéger la vie et la propriété, préserver la tranquillité publique et lutter contre le crime.

En annexe de son bureau ultramoderne, bardé de matériel informatique, un cagibi comportant un lit et une douche. Étant donné le nombre de dossiers administratifs engendrés par les progrès numériques, mieux valait rester sur place et ne pas compter ses heures.

Admirateur inconditionnel d'Élisabeth Ire, de Victoria et d'Élisabeth II, Marlow regrettait la disparition de l'Empire britannique et la dissolution des mœurs. À son poste, il tentait, non sans mal, d'appliquer ses principes en considérant qu'un assassin était un assassin, et qu'il n'était pas complètement inutile de l'arrêter.

En émergeant d'un bref sommeil, il se remémora la maxime d'un grand philosophe français, Pierre Dac : « Si la fortune vient en dormant, ça n'empêche pas les emmerdements de venir au réveil. »

De fait, à huit heures précises, son adjoint lui apporta une pile de paperasse émanant des hautes sphères. Seule une lampée de whisky écossais, produit par une distillerie vaguement clandestine, lui redonna un semblant de moral.

À huit heures et quart, la surprise.

— Vous…

C'était bien lui, l'ex-inspecteur-chef Higgins en personne, emmitouflé dans un élégant manteau marron clair et coiffé d'une casquette assortie.

Il ne sortait jamais de son petit paradis sans un motif sérieux. Autrement dit, du stress en perspective, et pas des moindres.

— Je vous invite à boire un vin chaud au pub le plus proche, dit Higgins. Il fait vraiment froid ce matin.

Puisque l'ex-inspecteur-chef ne souhaitait pas s'exprimer dans les locaux de New Scotland Yard, l'affaire était grave.

Peu sensible aux températures basses, Marlow se contenta d'un imperméable, et suivit son collègue.

*

Le propos de Higgins glaça le sang du superintendant.

— Notre monde ressemble à un asile de fous, conclut-il. À force de croire aveuglément aux diktats des scientifiques, voilà où nous en sommes !

— Les nouvelles technologies ne nous servent-elles pas à identifier davantage de criminels ?

— Oui et non, Higgins. Certains savent les contourner. Là, on est en présence d'un déglingué, capable de détruire une bonne partie de l'humanité !

— De son point de vue, ce n'est probablement pas de la démence, mais une manière d'exercer son pouvoir. Je crains qu'il ne jouisse d'une intelligence diabolique.

— Votre stratégie ?

— Le cadavre de Donald Dyck se trouve à la morgue de Babkocks. Ce crime ne sera pas médiatisé, et vous garderez ce dossier sous le coude jusqu'à l'éventuelle arrestation de l'assassin. Je vais vous donner l'adresse des suspects confinés en raison de la suspicion d'une contamination virale, pure invention pour les fixer sur notre sol pendant une courte période. Je ne pense pas que l'assassin tentera de s'enfuir, mais mieux vaut prendre des précautions. Faites surveiller étroitement chaque domicile. Si l'un des suspects essaye de s'éclipser, interception immédiate. Merci de coordonner le dispositif.

— Vous-même…

— Je dois descendre dans la fosse aux lions.

— 9 —

Marlow avait lui-même photocopié l'ensemble des dossiers communiqués à Higgins par le patron du MI5, puis dissimulé les documents dans son antre. De plus, précaution très inhabituelle, l'ex-inspecteur-chef lui préciserait son emploi du temps. Si celui-ci voulait agir seul, c'était parce qu'il craignait une réaction virulente d'un assassin peu ordinaire, capable de manipuler des armes chimiques et bactériologiques. Autant ne pas faire courir de risques au superintendant, lequel mit à la disposition de son collègue une voiture de Scotland Yard avec chauffeur.

Le premier dossier concernait la victime, Donald Dyck. Un parcours sans problème, qui l'avait mené à la fois à un laboratoire P4 et au MI5. Les photos montraient un homme au visage sérieux, de petite taille et de faible corpulence. Sa vie sentimentale était réduite au minimum : de temps à autre, une brève liaison avec une femme de son âge. Depuis trois mois, calme plat.

Dyck habitait un deux-pièces près de Borough Market, et Higgins tenait à voir de ses yeux la scène de crime, même « nettoyée ». L'endroit était assez passant. Pas de surveillance de l'immeuble. Higgins grimpa au deuxième étage et ouvrit la porte avec la clé jointe au dossier.

Un logement monacal. Mobilier ordinaire, aucun objet personnel. Les techniciens du MI5 avaient passé les lieux au peigne fin et, selon leur rapport, ni empreintes ni ADN autres que ceux de la victime. Étant un scientifique, l'assassin n'avait pas commis d'erreur. Et tout s'était déroulé si rapidement qu'une enquête de voisinage ne donnerait pas de résultats notables. À supposer que quelqu'un eût aperçu une silhouette, la nuit d'un dimanche d'hiver, cela n'aurait mené nulle part.

*

Pour respecter la fameuse « distance sociale » liée au Covid-19, plusieurs trottoirs de Londres avaient été élargis, de manière à faciliter la circulation des piétons et des cyclistes, qui devaient rester éloignés les uns des autres. Le vélo, c'était la dernière coqueluche.

Le quartier chic de Mayfair n'avait pas été trop touché par l'aménagement de pistes cyclables, et les hôtels particuliers, dont celui de William Wiltshire, affichaient, avec une certaine discrétion, la richesse de leurs propriétaires.

Le dossier du directeur du P4 du pays de Galles contenait le curriculum du scientifique : un parcours brillant et une ascension continue. Promoteur du vaccin universel, en accord avec des chercheurs d'Oxford,

Wiltshire avait l'occasion de réaliser son rêve, à la tête d'une équipe performante, capable d'utiliser les techniques de pointe.

L'aspect humain du personnage était moins scintillant. Une passion majeure : l'argent. Ses placements en Bourse lui avaient souri, mais sa fortune ne semblait pas due qu'à des moyens légaux. Soupçonné de divers trafics à haute valeur ajoutée, Wiltshire, défendu par les meilleurs avocats, avait échappé à toutes les condamnations. L'establishment et ses collègues n'avaient cessé de le soutenir, estimant qu'il était l'homme idéal pour diriger un P4 particulièrement « sensible ».

La voiture se gara à bonne distance de l'hôtel particulier. Tout en marchant d'un pas tranquille, Higgins inspecta les environs et ne remarqua rien d'inquiétant.

Un perron menait à une lourde porte en chêne. L'ex-inspecteur-chef sonna.

Un butler d'un âge respectable lui ouvrit.

— Monsieur désire ?

— Voir M. Wiltshire.

— Je crains que ce ne soit impossible. M. Wiltshire est très occupé. Si vous voulez bien me laisser votre carte.

— Inspecteur Higgins, Scotland Yard.

— Ah... En ce cas, je vais me renseigner. Je vous accompagne au salon d'accueil.

La pièce était un petit musée, consacré à l'histoire des laboratoires dans le monde. Des cornues, des éprouvettes de toutes tailles, des photos de savants sur leur lieu de travail, des ouvrages anciens relatant des expérimentations. Une collection originale, prouvant l'intérêt que William Wiltshire portait à ses prédécesseurs. L'ex-inspecteur-chef eut tout le temps d'examiner chaque objet, car son hôte ne semblait pas pressé de se manifester.

S'il refusait de le recevoir, Higgins joindrait le patron du MI5 pour qu'il exerce une pression décisive sur le récalcitrant. Avant de s'occuper des suspects confinés, l'ex-inspecteur-chef voulait interroger un témoin ô combien capital.

La porte du salon d'accueil s'ouvrit à la volée. Surgit un rouquin barbu, chemise blanche au col ouvert chiffonné, pantalon noir déstructuré.

— Je suis innocent, totalement innocent ! glapit-il d'une voix haut perchée.

— 10 —

Âgé d'une quarantaine d'années, grand, trop maigre, en sueur, William Wiltshire semblait à bout de nerfs.

— Innocent, répéta-t-il. Je n'ai rien à me reprocher. Toutes les consignes de sécurité ont été observées à la lettre. Je ne comprends pas comment un vol a pu se produire.

Higgins s'adapta à la situation. Il serait toujours temps de revenir à l'assassinat de Donald Dyck.

— Je n'ai pas l'intention de vous arrêter, monsieur Wiltshire. Aucune charge ne pèse sur vous.

— Ah bon...

— Toutefois, j'aimerais avoir des réponses à quelques questions.

— Ah bon...

Les paupières secouées par un tic, le rouquin s'assit dans un fauteuil historique qu'avait occupé le découvreur de la pénicilline, Fleming. Ses mains agrippèrent les accoudoirs.

— Dans votre laboratoire P4 du pays de Galles, vous avez récemment reçu un comité d'experts.

— Vendredi et samedi derniers. Ils venaient vérifier le niveau de sécurité. Le 1er février, l'ensemble du personnel était en congé.

— Vous étiez donc seul avec eux ?

— Oui.

— Et ils ont eu accès à toutes les parties de votre laboratoire, y compris les plus dangereuses ?

— C'est la règle pour obtenir une certification indiscutable. Mais… comment savez-vous tout cela ? C'est un secret d'État !

— Disons que l'État m'a révélé ce secret-là. Rassurez-vous, le cercle des gens bien informés demeure très restreint.

Wiltshire était au bord des larmes.

— Je ne comprends pas, répéta-t-il. La sécurité, c'est ma priorité absolue. Dans d'autres P4, il y a eu des incidents plus ou moins graves. Je voulais que le mien fût exemplaire. Et cette catastrophe…

— Vos recherches portaient sur le vaccin universel, n'est-ce pas ?

Le rouquin releva la tête.

— Vous savez vraiment tout !

— Pas encore.

— Le but de mes recherches, en effet. Un seul vaccin contre tous les agents pathogènes, obligatoire, pour le monde entier. Cela nécessitait de disposer de l'ensemble des virus, même anciens, comme ceux de la grippe espagnole, et de fabriquer un virus nouveau, avec un pouvoir maximal d'infection et de contamination. En les réunissant, nous avons abouti à un cocktail fabuleux, la base du vaccin.

— Et ce cocktail a été dérobé.

— Impossible, inspecteur, totalement impossible !

— Pour utiliser un langage de profane, combien d'éprouvettes disparues ?

— Quatre.

— Une énorme quantité d'agents pathogènes ?

— Énorme. Dans un endroit où sont rassemblés des centaines, voire des milliers de gens, et surtout s'il est clos, une seule personne porteuse d'un virus peut en contaminer de cinq à vingt. Et les sujets atteints propagent la maladie. Le cocktail que nous avons élaboré est dix fois plus explosif.

— N'est-ce pas un jeu dangereux, monsieur Wiltshire ?

Le rouquin se révolta.

— C'est la science et le progrès ! S'y opposer relève de l'obscurantisme. Quand l'humanité entière sera vaccinée, elle ne risquera plus rien.

— En attendant, un expert se promène dans la nature avec vos éprouvettes. Si l'on se réfère à vos propres déclarations, le Covid-19 n'était qu'une amusette.

— Impossible, complètement impossible... Vous n'imaginez pas les mesures de sécurité que j'ai prises ! Aucun P4 n'est mieux protégé.

— Nier la réalité me paraît vain, fit remarquer Higgins. Quand avez-vous constaté le vol ?

William Wiltshire serra les accoudoirs à les briser. Sa voix devint encore plus aiguë, dans le style d'un contre-ténor.

— Samedi soir, après le départ des experts. Avant de fermer le laboratoire pour le dimanche, j'avais une check-list. En vérifiant point par point, grâce à un système informatique inviolable, j'ai constaté l'incroyable et j'ai refusé d'y croire. Pendant plus d'une heure, je suis resté hébété.

— Et ensuite ?

— Ensuite, j'ai bouclé hermétiquement le bâtiment. Plus personne ne pouvait y entrer sans mon autorisation et mon code personnel. Je suis monté dans mon hélicoptère à destination de Londres.

— Sans avertir les autorités sanitaires ?

— Je ne parvenais pas à m'y résoudre. Et puis...

— Et puis vous étiez obligé d'accuser l'un des membres du comité d'experts, la seule conclusion logique.

Wiltshire se tassa.

— Impensable... D'éminents professeurs, responsables du niveau de sécurité des P4 ! J'étais tellement déprimé que je me suis enfermé ici, sans boire ni manger, transformé en statue de sel.

— Jusqu'à l'appel de Thorney Millbank.

Le rouquin eut des yeux de chien battu.

— Vous savez ça aussi... Il m'a arraché à ma torpeur et m'a dicté une ligne de conduite : silence absolu, et invention d'une fable destinée à empêcher les experts de quitter le territoire. Je les ai appelés pour les prévenir qu'une fuite de produits dangereux s'était produite pendant leur visite au laboratoire, et qu'ils devaient immédiatement se confiner pendant au moins quinze jours, sous surveillance médicale intensive.

— Leurs réactions ?

— Inquiets, ils ont tous accepté.

— Pas de refus ?

— Ce sont des savants, inspecteur. Ils ne plaisantent pas avec les virus. Surtout après Wuhan.

— Et votre compagnon, le jeune Russe, a-t-il été confiné, lui aussi ?

— 11 —

William Wiltshire se transforma en bloc de glace. Plus trace de la moindre émotion, plus d'yeux mouillés, mais un regard dur, presque féroce.

— Ma vie privée ne concerne que moi.

— Dans les circonstances actuelles, cette formule n'a guère de sens, ne pensez-vous pas ?

— Je ne le pense pas. Mon compagnon n'était nullement lié au P4.

— N'était ?

— Nous avons rompu.

— Récemment ?

— Ce matin, au téléphone. J'ai jugé son comportement inadmissible. Au lieu de me consoler, il m'a traité d'incapable. Je ne l'ai pas supporté.

— Lui auriez-vous révélé l'ampleur du désastre ?

— Pour qui me prenez-vous ? J'ai simplement évoqué un souci professionnel, et je ne m'attendais pas à une réaction si méchante. Un Russe... J'aurais dû me méfier. On ne m'y reprendra plus.

— Le nom de cet ingrat ?

Wiltshire hésita.

— Dimitri Chostakovitch.

« L'homonyme d'un des pires compositeurs », pensa Higgins. Le début d'une de ses interminables symphonies avait fait hurler Geb à la mort, et l'ex-inspecteur-chef avait dû couper rapidement la radio.

Depuis le début de l'interrogatoire, il prenait des notes dans son carnet noir.

— La profession de M. Chostakovitch ?

— Artiste.

— Sans indiscrétion, comment vous êtes-vous rencontrés ?

— Lors d'un gala de charité. Il a dansé une scène du *Lac des cygnes*, puis a chanté un lied de Hugo Wolf. J'ai tenu à le féliciter, et de fil en aiguille... Maintenant, la page est tournée. Dimitri m'a annoncé qu'il rentrait à Moscou et qu'il regrettait notre liaison.

Un voile de tristesse masqua le regard de Wiltshire.

— J'aimerais votre avis sur les experts à qui vous avez ouvert les portes de votre laboratoire. Des sommités que vous connaissez bien, je présume ?

— Plus ou moins, inspecteur. Ils forment une caste très fermée.

— Un patron pour la diriger ?

Le rouquin réfléchit.

— Je n'en suis pas certain, mais si j'avais à en nommer un, je désignerais l'Américain John Fitmore. Un maître incontesté en virologie. Aristocrate de Boston et milliardaire. Quand il se prononce, tous ses collègues l'écoutent. Comme il est issu d'une famille influente, il a des contacts avec les grands de ce monde, et mieux vaut ne pas le contrarier. Avec moi, il s'est montré très courtois et, au terme de son inspection, ne m'a adressé aucun reproche. Un vif soulagement... avant ma consternante découverte.

— Fitmore n'avait pas d'adversaires dans le comité d'experts ?

— Si, le Chinois Ling Mao. Militaire de haut rang et scientifique reconnu. Un admirateur inconditionnel du grand Mao et du nouveau leader suprême, le bon M. Xi. John Fitmore incarne tout ce qu'il déteste. Et puis, sa réputation... J'ose à peine vous en parler.

— Je vous en prie.

— Si les Chinois sont aujourd'hui capables d'inventer et de créer, ils ont longtemps été des voleurs et des imitateurs. Dans notre domaine, Ling Mao est qualifié de « voleur en chef ». Aussi intelligent qu'observateur, il fait son miel partout où il passe, pour la plus grande gloire de son pays.

— Une accusation ?

— Certes non, inspecteur ! Je n'ai aucune preuve contre lui. Et son surnom n'en est pas une. Je ne l'imagine pas commettre un tel forfait. L'Allemand Derek Bendof l'aurait remarqué. Beaucoup le considèrent comme la conscience morale du comité. Compétence, intégrité et rigueur : ses trois qualités incontestées. Son divorce et ses deux enfants lui ont coûté beaucoup d'argent, mais il est loin d'être ruiné. Un autre expert devait avoir les yeux partout : le Russe Ivan Titanov. À mon avis, un espion. Mais tous les savants russes ne sont-ils pas formés par le FSB ? Celui-là est l'as des as. Dieu seul sait de quoi il est capable. Heureusement, il était surveillé de près par le Français Pierre Deltrousse, l'honneur de son pays. Membre de quantité de sociétés savantes, porteur de nombreuses décorations, il possède un fabuleux carnet d'adresses et sera bientôt ministre de la Santé.

— Aucune femme dans ce comité ? questionna Higgins.

— Malheureusement si ! Indira Shupatavi, une Indienne qui représente les pays émergents. L'OMS y tient beaucoup.

— Douteriez-vous de ses compétences ?

— Non, mais de ses idées farfelues, oui ! Une scientifique qui remet en cause des acquis fondamentaux, comme la vaccination... Insupportable.

— Vous rendez-vous compte que l'un de ces savants est un assassin ?

— Vous y allez fort, inspecteur !

— Soyez lucide, monsieur Wiltshire. Le voleur a entre les mains une arme terrifiante. Et il a déjà tué.

— Déjà tué...

— Donald Dyck, l'un de vos employés.

— Donald, mort...

— Assassiné, dimanche 2 février, à vingt et une heures seize.

D'abord consterné, William Wiltshire se reprit rapidement. Jaillissant de son fauteuil, il appela son butler.

— Dites à l'inspecteur Higgins où je me trouvais dimanche dernier.

— Ici, Monsieur, chez vous.

— Toute la journée ?

— Toute la journée.

— À quelle heure m'avez-vous servi le dîner ?

— À vingt et une heures, Monsieur.

— Qu'ai-je mangé ?

— Deux feuilles de salade et un petit morceau de sole.

— Quand avez-vous desservi ?

— Environ une demi-heure plus tard.

William Wiltshire défia Higgins.

— Satisfait, inspecteur ? Je n'ai pas tué mon employé, ni personne d'autre, d'ailleurs ! Je n'attends qu'une chose : l'autorisation de rouvrir mon laboratoire et d'y poursuivre mes recherches. Le reste ne me concerne pas. Et je forme un vœu : ne jamais vous revoir !

Furibond, le rouquin s'éclipsa.

— Monsieur est un peu nerveux en ce moment, observa le butler.

— Êtes-vous conscient de la portée de votre témoignage ?

— Tout à fait, inspecteur. Et je le répéterai sans changer un mot, autant de fois que nécessaire.

— 12 —

— Merci d'appeler le superintendant Marlow, demanda Higgins à son chauffeur, et de lui indiquer que nous nous rendons à Oxford chez le professeur John Fitmore.

Le policier utilisa le téléphone de voiture, puis mit le cap sur la célèbre cité universitaire, située à 85 km du centre de Londres. Ce n'était pas la destination préférée de l'ex-inspecteur-chef, ancien de Cambridge.

Il avait décidé de suivre la hiérarchie fournie par William Wiltshire, peut-être de façon intentionnelle. Si c'était une sorte de piège, autant s'y engouffrer afin d'en découvrir le motif et la nature. Aussi les investigations débutaient-elles par le pacha du comité scientifique, l'Américain John Fitmore, qui possédait une vaste propriété en pleine campagne.

Avant de consulter le dossier du MI5 le concernant, Higgins compléta ses notes à propos de William Wiltshire. Son interrogatoire lui avait appris beaucoup plus qu'il ne l'espérait. Un fait semblait acquis : le directeur du P4 n'avait pas assassiné Donald Dyck.

En tout cas d'après le témoignage péremptoire de son butler.

À ce stade si précoce de l'enquête, une autre certitude se profilait pourtant. L'ex-inspecteur-chef se méfiait des évidences, souvent les pires ennemies de la vérité. Dans le cas présent, toutefois, une logique élémentaire conduisait à une conclusion implacable, que partageait certainement le patron du contre-espionnage britannique. Il ne l'avait pas exposée à Higgins, à la fois pour le laisser agir et mettre à l'épreuve sa sagacité.

Combien d'éléments majeurs le joueur d'échecs lui avait-il cachés ? Higgins n'était pas assez vaniteux pour supposer que le grand manitou du MI5 ne songeait qu'à jouer une partie contre lui. En revanche, ne le manipulait-il pas, comme chacun de ses agents ?

L'ex-inspecteur-chef ouvrit le dossier de John Fitmore. Plusieurs photos le montraient aux côtés des derniers présidents américains, d'hommes politiques de premier plan, d'anciennes et récentes pasionarias démocrates, d'acteurs engagés, de gourous de la finance et de chefs d'entreprise hyper-médiatisés.

Fitmore ressemblait au comédien Richard Gere, séducteur en diable, élégant, dominant toujours la situation avec brio et une certaine désinvolture.

La famille Fitmore avait un ADN spécifique : être milliardaire de père en fils. Et John avait fait honneur à son géniteur en accroissant une fortune déjà considérable, mais sans se projeter sur le devant de la scène comme les vedettes des GAFA. Tout en s'insérant avec habileté dans la révolution numérique, il préférait la discrétion innée des aristocrates de Boston.

Diplômé de trois grandes universités américaines où il avait brillé dans plusieurs disciplines scientifiques, le jeune John s'était également distingué à Oxford qui, cependant, n'appréciait que modérément les étudiants américains. Grâce à son talent et à ses relations, il avait gravi rapidement les échelons pour parvenir, à trente-neuf ans, au sommet de la toute-puissante communauté scientifique devant laquelle s'inclinaient les chefs d'État qui croyaient à ses arguments ou s'en servaient à toutes fins utiles.

Accorder un certificat de sécurité aux P4 et garantir la nécessité de leurs recherches, ô combien dangereuses, exigeait des compétences que l'OMS, l'ONU et les multiples instances scientifiques reconnaissaient en la personne de John Fitmore. Aucun de ses jugements n'avait été invalidé. « Parole d'Évangile », disait-on de son avis.

Après avoir respecté les limitations de vitesse et ne s'être livré à aucun dépassement excessif, le chauffeur parvint à la grille du domaine de l'Américain, entouré d'un haut mur.

Higgins descendit de voiture et se présenta à une caméra qui enregistrait image et son.

Un point rouge s'alluma.

— Qui êtes-vous ? demanda une voix métallique.

— Inspecteur Higgins, Scotland Yard. J'aimerais voir M. Fitmore.

Une assez longue attente.

— M. Fitmore est en quarantaine. Revenez la semaine prochaine.

La récente « quatorzaine » avait encore frappé.

— Ayez l'obligeance de me recevoir. Sinon, je serai contraint de forcer le passage.

Higgins rejoignit son chaffeur.

Nouvelle attente.

Enfin, la grille s'ouvrit. Le véhicule de Scotland Yard s'engagea dans une longue allée bordée de haies et s'immobilisa derrière une Aston Martin bleu acier qu'astiquait un domestique en gilet noir et jaune.

— La route s'arrête ici, déclara-t-il. Prenez le chemin sur votre droite. M. Fitmore vous attend.

Higgins abandonna son chauffeur et s'engagea dans un sentier tortueux. Des thuyas hauts d'une dizaine de mètres le privaient de la maigre lumière de ce jour d'hiver.

À son débouché, un spectacle plutôt enchanteur : pelouse parfaitement tondue, bosquets aux formes rondes et carrées, manoir du XVIIIe siècle soigneusement entretenu, témoin d'un génie architectural depuis longtemps disparu.

Un escalier de granit d'une trentaine de marches menait à un porche qui abritait une large porte en hêtre.

Elle s'ouvrit lentement. Apparut un butler en smoking. Détail insolite : il portait un masque chirurgical et en présenta un au visiteur.

— Désolé, Monsieur, c'est la règle sanitaire pour préserver la santé de M. Fitmore et de ses hôtes.

— 13 —

Jouant le jeu, l'ex-inspecteur-chef se masqua et suivit le butler qui l'introduisit dans une pièce aux dimensions remarquables. Aux murs, des photos géantes de fleurs et de plantes, notamment de leur centre, considérablement agrandi.

Higgins commençait à les examiner, lorsqu'une voix grave et posée brisa le silence.

— Désolé de vous imposer ces conditions sanitaires, inspecteur, mais je suis confiné quelques jours à cause d'un incident récent.

Porteur lui aussi d'un masque, mais transparent, l'Américain était parfaitement rasé, coiffé et parfumé. Costume gris perle sur mesure, cravate d'un rouge délicat, pochette brodée : une élégance marquée du sceau de la sobriété et du raffinement. Un front large, des yeux marron et vifs, un nez aquilin, des lèvres fines, un visage plutôt avenant, quoique non dénué d'autorité. Quant à l'intonation, elle n'était pas entachée de la vulgarité américaine que détestaient les Anglais ; John Fitmore avait acquis l'accent distingué d'Oxford.

— Rien de grave, j'espère ?

— Les premiers examens médicaux sont plutôt rassurants, mais il vaut mieux prendre les précautions nécessaires. Qu'est-ce qui me vaut l'honneur de votre visite ?

— Un assassinat.

Fitmore parut choqué.

— Un assassinat… C'est horrible ! Qui est la victime ?

— Donald Dyck.

— Donald Dyck… Un des chercheurs qui travaillent dans le secteur de la biologie de pointe ?

— Exactement. Vous le connaissiez bien ?

— Bien, non, mais étant donné mes fonctions, j'ai été amené à le croiser, pas plus tard que vendredi dernier.

— À quel endroit ?

— C'est assez délicat. Avez-vous rencontré son patron ?

— William Wiltshire ? Ce matin même.

— Vous a-t-il parlé du caractère particulier de son laboratoire ?

— Un P4 à haut risque, au pays de Galles.

— En ce cas, puisque vous êtes au courant, je peux m'exprimer plus librement.

Higgins fixa une photo. Des rouges, des verts, des mauves, des jaunes… Un flamboiement de couleurs et de formes plus ou moins étranges.

— Appréciez-vous ma collection, inspecteur ?

— Je n'avais jamais rien vu de pareil. Celle-ci, par exemple…

— Le cœur d'une pivoine. À gauche, celui d'un pavot.

— Et à droite ?

— Une *Dylactera milafluens* qu'on ne trouve qu'en Amazonie. À côté, un bleuet, et pas n'importe lequel : un bleuet rose ! Une rareté, mais qui existe bel et bien.

Fitmore fit quelques pas.

— À mon sens, voici le plus surprenant : le centre d'un pissenlit, une plante si ordinaire. Ne jurerait-on pas une constellation inconnue ?

— Fascinant, reconnut Higgins.

— La science nous permet de voir l'invisible, et la technique photographique s'est tellement améliorée qu'elle nous offre l'occasion de contempler ces merveilles, inaccessibles au regard ordinaire, si limité. La nature contient encore beaucoup de mystères.

— Les laboratoires P4 n'ont-ils pas pour but de les percer ?

— En partie.

— Les dangers encourus en valent-ils la peine ?

— Douteriez-vous du progrès scientifique, inspecteur ?

— De temps à autre.

— Vous avez tort. C'est lui, et lui seul, qui résoudra les problèmes de l'humanité. Nous autres, à la pointe de l'innovation, avons une responsabilité majeure. Comme dans toute exploration, il y a des risques. Nous les assumons, avec l'intime conviction que nous servons la meilleure des causes. Et puis soyez rassuré : mes collègues de très haut niveau et moi sommes mandatés par les institutions internationales pour vérifier que les P4 du monde entier fonctionnent en parfaite sécurité.

— L'incident que vous évoquiez se serait-il produit dans celui du professeur Wiltshire ?

John Fitmore hésita.

— C'est un petit secret d'État, mais… oui, en effet. Samedi dernier, le comité d'experts a examiné de fond en comble l'établissement dirigé par mon éminent confrère. Tout était conforme aux règles très strictes qui sont en vigueur et que nous ne cessons de renforcer. Dimanche, il m'a appelé pour me signaler une panne dans un système de refroidissement, constatée après notre départ. Une broutille, mais Wiltshire, avec raison, a choisi l'extrême prudence en nous imposant un bref confinement, sous surveillance quotidienne. Honnêtement, ici, je n'ai pas à me plaindre.

— À quelle heure, cet appel ?

— Dimanche, à vingt-trois heures. Sur un portable qui ne le quitte jamais, chaque expert a une alarme sonore et visuelle qui se déclenche en cas d'urgence. Wiltshire avait été lui-même alerté par le système automatisé du laboratoire, et il a pu faire une première analyse informatique. Aujourd'hui, tout est certainement rentré dans l'ordre, mais le comité, dès son déconfinement, inspectera de nouveau la totalité de l'installation.

L'Américain regarda sa montre.

— Si ce n'est pas interdit par votre règlement, je vous garde à déjeuner. Nous discuterons de façon conviviale.

— 14 —

Après un dernier coup d'œil au cœur de pivoine, Higgins suivit l'Américain.

La salle à manger était digne de Buckingham Palace. Des glaces dorées à l'ancienne lui conféraient une splendeur quasi royale.

— Art vénitien, expliqua John Fitmore. Un chantier interminable, mais je suis assez fier du résultat.

Masqué, un maître d'hôtel apporta un flacon et deux verres en cristal.

— Comme apéritif, inspecteur, je vous propose un whisky d'Islay, la reine des Hébrides. Qualités irremplaçables : eau de source et tourbe aux senteurs florales. À condition de rester à bonne distance l'un de l'autre, nous pouvons ôter nos masques et boire au progrès.

Placés chacun à un bout d'une table en chêne, à plusieurs mètres d'écart, les deux hommes levèrent leur verre. Ce whisky-là méritait une médaille d'or.

— Vous me pardonnerez, inspecteur : notre repas sera assez frugal. Étant contraint de faire le tour du monde au moins une fois par an, je me surveille.

Toute prise de poids fatigue le cœur, cet organe extraordinaire qui pompe jusqu'à dix mille litres de sang par jour, sans que nous en ayons conscience. Il produit suffisamment d'énergie pour nous permettre de parcourir quotidiennement et allègrement une trentaine de kilomètres. Alors, soignons-le grâce à une alimentation équilibrée.

— Recommandez-vous le whisky ?

— D'excellente qualité et en petite quantité, comme le vin. Nos plats seront accompagnés d'un bourgogne blanc bio.

Le maître d'hôtel servit des poireaux coupés en rondelles, mêlés à des pommes de terre cuites à la vapeur et à des morceaux de jambon.

— Votre jugement sur Donald Dyck ? demanda Higgins.

— Je vous le répète, je n'ai fait que le croiser. Quand le comité d'experts inspecte un P4, il étudie la liste du personnel, scrute les dossiers qui le concernent et réclame l'avis du directeur. Dyck était très bien noté. Un chercheur promis à un bel avenir.

— Sur quoi travaillait-il ?

— Sur le projet conçu par son patron, William Wiltshire.

— À savoir ?

— La recherche d'un vaccin universel. Selon Wiltshire, Donald Dyck était l'un de ses éléments les plus brillants, et nombre de ses propositions avaient été retenues. De quoi devenir le bras droit du directeur.

— En savez-vous davantage à son propos ?

— Non, inspecteur.

— Ce sont les États-Unis qui abritent le plus grand nombre de laboratoires P4, je présume ?

— Pour les P3, un chiffre officiel : 1 350. Pour les P4, en revanche, secret d'État qu'il m'est interdit de violer. En raison de leur importance stratégique, certains ne sont même pas répertoriés.

— Une vingtaine ?

Fitmore hocha la tête.

— Vous et les membres de votre comité scientifique les inspectez tous ?

— Bien entendu !

— L'épisode de Wuhan n'est-il pas inquiétant ?

— Dès 2017, j'avais rédigé un rapport qui signalait des faiblesses du management et de la sécurité. Aucun écho de la part des Chinois, et manque de réactivité de notre administration. Pour être franc, mon pays me paraît en perte de vitesse. Une anecdote : à la question « Qu'est-ce que le bonheur ? », une star de Hollywood, très engagée politiquement, a répondu : « C'est se déshabiller et prendre un bain de tequila. Et ensuite se frictionner la peau avec de la vodka. » Quand on porte aux nues de tels crétins qui croient avoir le sens de l'humour, la patrie est en danger. Dès que possible, entre deux expertises, je me réfugie ici. Le charme de la campagne anglaise m'a conquis. Au fond, cette période de repos et d'isolement n'est pas si désagréable. Ce matin, j'ai lu un rapport du think-tank The New Zealand Initiative à propos du confinement qui a secoué l'économie mondiale. Question : « Quel est le prix d'une vie humaine ? » Réponse :

« 6,1 % du PIB équivaut à 33 600 vies. » Selon les uns, ce n'est pas trop cher ; selon les autres, très excessif.

— Votre avis d'expert ?

— Je me méfie de ce genre de calculs.

Le maître d'hôtel servit un gratin de filets d'omble chevalier au fenouil râpé à la mandoline.

La finesse du bourgogne blanc lui seyait à merveille.

— Vous connaissez-vous des ennemis, professeur Fitmore ?

— 15 —

La fourchette de l'Américain demeura un instant en suspension.

— Qui n'en a pas, inspecteur ?

— Auriez-vous reçu des menaces ?

— Une seule, de la part du professeur Ling Mao : « La Chine sera bientôt la première puissance mondiale et surpassera les États-Unis dans tous les domaines, y compris celui des P4. » Pure utopie, mais typique d'un colonel de l'armée chinoise, admirateur inconditionnel de la dictature communiste. Ses parents ont bien choisi son prénom.

— Un surnom circule…

— « Voleur en chef » ! Ce n'est pas faux, mais les temps ont changé. Après avoir opéré quantité de transferts de technologies au détriment des naïfs, les Européens en tête, béats devant un gigantesque marché, les Chinois sont à présent inventifs.

— Recherchent-ils le vaccin universel, eux aussi ?

— Jour et nuit ! Mon honorable et très efficace confrère Ling Mao me considère comme l'incarnation du Mal absolu, mais respecte la puissance qui me soutient. Évidemment, s'il disposait d'une arme capable d'effacer les États-Unis de la carte du globe, il n'hésiterait pas une seconde. Comme vous l'avez remarqué, les rapports de tous ordres entre la République populaire de Chine et les États-Unis d'Amérique ne sont pas au beau fixe.

— Et à titre personnel, entre vous et le professeur Ling ?

— Nos mentalités sont si différentes ! Lui, il est le Parti, la nation, la grandeur chinoise ; moi, un individu. Deux mondes à jamais incompatibles. Il existe, cependant, un terrain sur lequel nous pouvons avoir des échanges aussi indispensables que fructueux : la science. Ling Mao a reçu une excellente formation, ce n'est pas un savant d'opérette. Mais il fera toujours passer son idéologie en priorité. Il déteste franchement un autre membre du comité, le professeur français Pierre Deltrousse, couvert de distinctions. Une raison politique : ce sont les Français qui ont financé le P4 de Wuhan, où aucun de leurs chercheurs n'a été admis. Superbe entourloupe à la chinoise... Deltrousse ne cesse de protester, ce qui irrite fortement Ling Mao. Mais ils sont bien obligés de collaborer au sein du comité.

— Outre ses décorations, le professeur Deltrousse possède-t-il de réelles compétences ?

L'Américain réfléchit.

— C'est un homme extrêmement doué pour les relations publiques et la communication, surtout sur sa propre personne. Il suit une ligne de conduite claire : mieux vaut soigner sa carrière que des malades. Avec son grand ami, l'Allemand Derek Bendof, ils forment un couple européen influent. Bendof le rigoureux, le scrupuleux, l'incorruptible, mais tellement borné ! Lui expliquer un détail prend parfois des heures. Un tandem qui me mène la vie dure pendant les inspections, mais souvent avec raison. Et lors des congrès, nos joutes sont devenues proverbiales. Je redoute moins ces deux compères que le Russe Ivan Titanov, un comédien-né, futé parmi les futés. Combien de découvertes a-t-il pillées sans être coincé ? L'intelligence d'un éléphant et la vivacité d'un reptile. Il joue les ours, tout en étant aussi rusé que son président.

— Un espion, d'après vous ?

— C'est évident, inspecteur ! Mais aussi un authentique scientifique qui parle une dizaine de langues et a quelquefois des intuitions fulgurantes que des besogneux s'acharnent à démontrer. Un original, mais tout de même, moins déjanté que l'Indienne Indira Shupatavi. L'OMS l'a imposée dans le comité afin qu'un grand pays émergent ne soit pas oublié. Une incongruité.

— Ne serait-elle pas qualifiée ?

— Elle a tous les diplômes nécessaires, mais ses sorties de route sont effarantes ! Comment ose-t-elle proférer des théories qui n'ont rien de rationnel et s'inspirent de sa tradition complètement dépassée ? Par bonheur, en tant qu'experte, elle se comporte correctement. Sinon, j'aurais exigé son exclusion.

— Pourquoi n'y a-t-il ni Anglais ni Japonais dans votre comité ? s'étonna Higgins.

— Pour des raisons toutes simples : le délégué britannique est décédé l'année dernière, et nous attendons son remplaçant. L'affaire traîne en longueur, car il y a une lutte féroce entre Oxford et Cambridge. Quant au professeur japonais qui devait nous rejoindre, il a eu des ennuis avec la justice. Là-bas, les autorités universitaires n'apprécient pas ce genre d'écart. Son successeur sera désigné au printemps.

— Les directeurs de P4 jouent un rôle primordial, n'est-ce pas ?

— Tout à fait primordial, inspecteur.

— Que pensez-vous de William Wiltshire ?

John Fitmore passa l'index sur le pourtour de son verre.

— Mon rapport sera très net : je conseille son remplacement immédiat.

— À cause de l'incident qui vous contraint à ce confinement ?

— La goutte d'eau qui fait déborder le vase. Je ne conteste pas ses capacités scientifiques, mais je suis certain qu'il n'a pas un caractère assez ferme pour diriger un P4. Cette tâche très rude n'est pas à la portée de n'importe quel savant, même de haut niveau. Pour lui, démissionner serait un soulagement.

De son écriture fine et rapide, Higgins avait déjà couvert plusieurs pages de son carnet noir.

— J'ai deux questions indiscrètes à vous poser, professeur Fitmore.

L'Américain sourit.

— Voyons si j'ai envie d'y répondre.

— Êtes-vous un célibataire endurci ?

— Cette expression me convient. Pour un voyageur impénitent comme moi, fonder une famille serait stupide. Et cette dimension de l'existence ne me manque pas. Les brèves aventures, ici et là, ne sont-elles pas les plus agréables ?

— Seconde question : le dimanche 2 février, à vingt et une heures seize, où vous trouviez-vous ?

— Interrogation brutale ! Donnez-moi davantage de précisions sur ce qui s'est passé à ce moment-là.

— Auriez-vous l'obligeance de me répondre ?

John Fitmore regarda de nouveau sa montre.

— Excusez-moi, j'ai un rendez-vous téléphonique. Ravi de vous avoir rencontré, inspecteur.

— 16 —

Sur la route du retour à Londres, Higgins tenta d'interpréter la réaction de John Fitmore. Soit il avait quelque chose à cacher, soit il se sentait intouchable et méprisait l'inspecteur qui osait l'importuner. Sans nul doute, il avait immédiatement appelé la grande patronne de Scotland Yard afin de se plaindre d'une persécution policière. Une mauvaise surprise attendait l'Américain. On lui signifierait que l'enquêteur qu'il avait reçu était mandaté pour faire toute la lumière sur un assassinat considéré comme inquiétant par les autorités supérieures. Fitmore comprendrait alors que l'affaire était sérieuse, et que son refus de fournir un alibi solide le plaçait sur la liste des suspects. Confiné, il n'avait d'autre choix, pour communiquer avec un éventuel complice, que d'utiliser son portable ou un moyen informatique. Bien entendu, lui comme les autres membres du comité scientifique étaient placés sur écoutes par le MI5. Et le dispositif de surveillance de Scotland Yard empêcherait une tentative de fuite, fort révélatrice.

*

Higgins eut tout le temps de lire le dossier consacré à Ling Mao, colonel de l'armée chinoise, parfait communiste et scientifique de haut niveau. La cinquantaine, pas de famille. Vie sentimentale inconnue. D'après les photographies le représentant soit en uniforme, soit en blouse blanche, un homme robuste au regard assez effrayant. Ne pas exécuter correctement ses ordres devait entraîner des conséquences fâcheuses pour le fautif. Études en Chine, au Johns Hopkins Institute aux États-Unis, et à Oxford. Biologie, chimie, médecine, informatique, statistique, sociologie... La liste des disciplines pratiquées avec succès ne manquait pas d'impressionner. Une petite faiblesse, assez habituelle chez les dirigeants chinois : le cognac. Cela n'avait pas nui à sa carrière. Pas d'accusation de corruption ni de collusion avec un contestataire ou un individu socialement incorrect. L'année précédente, le régime lui avait attribué une belle propriété sur le campus de Huawei où résidaient 17 000 chercheurs. Particularité des environs : la reproduction, dans une province du sud-est de la Chine, de villes d'Europe comme Bruges, Budapest, Vérone, et même d'un quartier de Paris. Géant de la téléphonie soumis à l'armée, Huawei était aussi devenu le deuxième vendeur de smartphones du monde. En difficulté aux États-Unis, elle réussissait une percée en Europe, notamment au Royaume-Uni. Ling Mao dirigeait la section « Opération 5G » qui avait pour but de fournir au gouvernement chinois de « grandes oreilles » quasi indétectables, aussi efficaces que celles des Américains. Un job idéal pour le « Voleur en chef ».

Une anecdote montée en épingle par les médias officiels mettait en relief la bonté et le dévouement de Ling Mao : grâce à une technique de reconnaissance faciale dont il était l'auteur, un homme de trente-quatre ans, kidnappé à l'âge de deux ans, avait été identifié. Au terme d'une longue et cruelle séparation, il avait retrouvé sa mère qui ne voulait plus le quitter d'une semelle. Des images émouvantes, à la gloire du camarade savant Ling Mao, soucieux du bonheur du peuple. Une note du MI5 ajoutait que l'ex-kidnappé avait été contraint de devenir l'agent de son bienfaiteur.

★

Un vent glacial soufflait sur le quartier de Soho, réputé « chaud » en raison de ses sex-shops, de ses boîtes de strip-tease et de ses cabarets louches. Ils attiraient encore des touristes, qui goûtaient aussi à diverses cuisines exotiques dans de petits restaurants. La crise du Covid-19 avait fait des ravages, mais le commerce essayait de reprendre le dessus.

Selon le dossier du MI5, Ling Mao résidait, au cœur de Soho, dans un immeuble complètement chinois, légalement acquis par un fonds d'investissement de Huawei. Au rez-de-chaussée, un pub du XVIIe siècle dont l'achat avait valu à la firme les félicitations de Xi Jinping. Au premier étage, un restaurant purement chinois. Au deuxième, un magasin vendant les produits Huawei. Au troisième, un autre de vêtements. Au quatrième, un appartement de deux cents mètres carrés. Le refuge où se confinait Ling Mao.

— Prévenez le superintendant Marlow, demanda Higgins au chauffeur.

L'ex-inspecteur-chef entra dans le pub où se mélangeaient Asiatiques et Occidentaux. Il se dirigea vers le bar. Un Chinois lavait des verres.

— J'aimerais monter au quatrième étage, sollicita Higgins.

— C'est privé.

— Pas pour Scotland Yard.

— On est tranquilles, ici. On n'a pas besoin de la police.

— Il existe certainement un ascenseur.

— J'en sais rien.

— Cette ignorance coupable vous vaudra beaucoup de déboires. Veuillez me suivre.

— Vous suivre ?

— Je vous arrête.

— Une seconde… Je n'ai rien fait, moi !

— Je vous soupçonne de complicité de meurtre.

— Vous… vous déraillez ?

— Allez savoir.

— Attendez… L'ascenseur, il est derrière le comptoir ! Mais il faut le code.

— Puisque vous le connaissez, utilisez-le.

La tension diminua. Le tenancier guida Higgins, tapota des chiffres sur le clavier d'une porte blindée et libéra l'accès à un ascenseur qui emmena l'ex-inspecteur-chef au quatrième étage.

Dès que la porte coulissa, le canon d'un pistolet-mitrailleur se pointa vers lui.

— Stop, ou je tire !

Le molosse chinois qui brandissait l'arme n'avait pas l'air de plaisanter.

— 17 —

— Inspecteur Higgins, Scotland Yard. Vous êtes en train de commettre un délit.

Les mots mirent un certain temps pour parvenir au cerveau du molosse.

— Vous voulez quoi ?

— M'entretenir avec M. Ling.

Nouveau délai. Le canon de l'arme s'abaissa.

— Faut que je demande...

— Demandez.

Cinq bonnes minutes s'écoulèrent. Le molosse réapparut.

— C'est d'accord. Mais M. Ling est en confinement. Comme tout le monde, même les médecins, vous devez passer par le sas de décontamination.

Ce dernier ressemblait à une cabine d'essayage. Scan corporel, prise de température. Et masque obligatoire à la sortie.

Les machines n'ayant détecté aucune maladie, Higgins fut autorisé à pénétrer dans une vaste pièce ressemblant à une ancienne fumerie d'opium.

Tentures rouge sombre, nattes, glace au plafond, senteur mielleuse.

Au fond, une niche. Masqué, un homme y était allongé. D'une voix sèche et impérieuse, il interrogea :

— Que vient faire Scotland Yard chez moi ?

— Recueillir votre témoignage à propos d'un crime.

Ling Mao sortit de sa niche et, prestement, s'assit dans un fauteuil au dossier en forme de dragon.

— Un crime… Et qui est la victime ?

— Donald Dyck.

Le Chinois posa son index droit sur ses lèvres.

— Ce nom ne m'est pas inconnu… Ne serait-ce pas un jeune chercheur ?

— En effet. L'auriez-vous rencontré récemment ?

— Ce n'est pas impossible. La déontologie m'interdit de vous en dire davantage.

— Je vais vous aider : vous vous êtes probablement croisés au P4 du pays de Galles que dirige William Wiltshire.

Ling Mao quitta son fauteuil et se planta devant un guéridon sur lequel étaient disposées de petites assiettes. Maniant des baguettes, il picora un morceau de substance caoutchouteuse et la mastiqua.

— Truffe blanche d'Alba, expliqua-t-il. J'apprécie également celles du Périgord et de Bourgogne. Un petit plaisir pendant cette période de confinement. Donald Dyck, disiez-vous… Un bon élément, d'après son dossier. Pourquoi l'a-t-on assassiné ?

— Auriez-vous une hypothèse ?

— Pourquoi en aurais-je une ? Je n'ai fait que croiser ce malheureux garçon. Décidément, ce P4 ne porte pas chance ! Un meurtre, et ce défaut de gestion qui a mis en danger la santé des meilleurs experts mondiaux. À croire que la Grande-Bretagne ne maîtrise pas la recherche de pointe.

— Je forme des vœux pour votre santé.

— Les premiers tests sont négatifs, mais il vaut mieux se montrer prudent. D'ici quelques jours, nous serons fixés.

— Ce « défaut de gestion » était-il d'une extrême gravité ?

Ling Mao mâchonna un nouveau morceau de truffe.

— Non, d'après Wiltshire. Une panne dans un système de refroidissement. Un tel incident ne se produirait pas en Chine.

— Comment avez-vous été prévenu ?

Le Chinois sortit de la poche de son pantalon un smartphone rouge.

— Tous les experts ont en permanence sur eux un appareil de ce genre qui les alerte en cas de problème. Dimanche dernier, à vingt-trois heures, alarme sonore et visuelle. Confinement obligatoire pour tous les membres de notre comité qui avaient inspecté le P4 la veille. Les employés étant en congé, nous étions seuls avec Wiltshire.

— N'avez-vous constaté aucune défaillance dans la sécurité du laboratoire ?

Le regard du Chinois brilla d'une étrange lueur.

— En quoi cela concerne-t-il votre enquête ?

— Je fouille un peu partout, avoua Higgins. Comme Donald Dyck y travaillait, il existe peut-être un lien entre sa profession et le mobile du meurtre.

— Vous frisez la violation de secret d'État. Un P4 n'est pas une institution ordinaire.

— Je le comprends, et vous n'êtes pas obligé de me répondre.

Ling Mao fixa Higgins.

— Le P4 du pays de Galles était parfaitement sécurisé. Aucun des membres du comité n'a repéré de faille. Néanmoins, l'incident prouve que notre protocole n'est pas encore assez strict. Je profite de ma période de solitude pour formuler de nouvelles propositions. Néanmoins...

Le Chinois parut contrarié.

— Néanmoins, suffiront-elles à éviter une malveillance ?

— Penseriez-vous à un sabotage ? questionna Higgins.

— Je ne l'exclus pas.

— Qui oserait commettre un tel méfait ?

— Qui d'autre qu'un Américain ?

— 18 —

Le professeur Ling alla se rasseoir, et sa position avait quelque chose d'impérial. À l'évidence, ses déclarations ne souffriraient pas la contestation.

— Pendant des siècles, rappela-t-il, la Chine a été opprimée et humiliée par l'Occident. Le président Mao a dissipé les ténèbres. Grâce à lui, elle a retrouvé sa fierté et sa grandeur. Le Grand Bond en avant fut un élan décisif. Tout un chacun s'est engagé sur la voie du progrès, les déviationnistes ont été éliminés. En reconnaissant Mao comme son modèle, le président Xi atteindra notre objectif : devenir la première puissance mondiale.

Ling était presque lyrique. Il oubliait que, pendant ce Grand Bond en avant, trente millions de paysans déracinés étaient morts de faim. Simples dégâts collatéraux.

— On nous a accusés de voler les inventions des Occidentaux, reprit le professeur, de les copier et d'être incapables de créer. Aujourd'hui, nos ennemis déchantent. Dans quantité de domaines, nous les dépassons. Pendant les dix dernières années, nous avons progressé de manière foudroyante et, notamment, bâti plus de P4 que n'importe quel autre pays. L'OMS nous félicite pour la qualité de notre recherche scientifique à laquelle j'ai l'honneur de contribuer.

— L'affaire du Covid-19, liée à Wuhan, n'est-elle pas gênante ?

— J'y viens, inspecteur, j'y viens ! Le colonel Dai Xu, un héros de l'Armée populaire de libération, a démontré que les États-Unis ont répandu le virus H7N9 de la grippe aviaire en Chine. Et ils ont recommencé avec le Covid-19, en créant une arme biologique dirigée contre nous. Les autorités ont repoussé de manière magistrale cette attaque ignoble et démontré l'efficacité de nos institutions. Grâce à notre président, notre pays a été l'un des moins touchés par l'épidémie. Même nos chiens ont porté des masques. Aucune autre nation n'a obtenu une telle victoire sur la maladie. Regardez l'Amérique : sa misérable manœuvre s'est retournée contre elle !

— Je suppose que John Fitmore n'est pas votre meilleur ami.

— De l'humour anglais… Mon meilleur ennemi, sûrement, et de taille ! Mais nous avons un intérêt commun : garantir la sécurité des P4.

— Commun… jusqu'à quel point ?

— Une alliance strictement professionnelle. Chacun de nous a conscience de représenter une grande puissance, avec une différence notable : les États-Unis sont sur une pente descendante, la Chine ascendante.

Higgins consulta son carnet.

— J'ai rencontré le professeur Fitmore, et je ne vous cache pas que son attitude m'a troublé.

Le Chinois eut un drôle de sourire.

— Le soupçonneriez-vous d'avoir assassiné Donald Dyck ?

— Je n'irais pas jusque-là, mais…

— Eh bien, allez-y ! Fitmore est un scientifique de premier plan, mais aussi un type sans foi ni loi, prêt à tout pour conforter son autorité. Son élégance et son allure aristocratique ne sont que des leurres. En réalité, c'est un tueur, comme tous ses compatriotes. Une seule doctrine : *America First*. Et la Chine est devenue la cible principale de ces cow-boys qui, depuis qu'ils ont massacré les Indiens, se croient tout permis. Aujourd'hui, ils s'énervent. Impossible de nous abattre. Et demain, nous serons plus forts qu'eux.

— Auriez-vous été informé d'un différend, quelle qu'en soit la nature, entre la victime et John Fitmore ?

— Si c'était le cas, je ne me priverais pas de vous le dire !

— À quel type de recherches se consacrait Donald Dyck ?

Regard méfiant du Chinois.

— En avez-vous parlé avec son patron, William Wiltshire ?

— Il a évoqué la fabrication d'un vaccin universel.

— Le but majeur de ce P4, en effet. Mais il n'est pas le seul. Les Anglais ont de bonnes chances de gagner la course, mais deux concurrents les dépasseront certainement : les Américains et nous. Et la Chine triomphera. Wiltshire n'est pas un mauvais directeur, mais il n'a pas l'envergure nécessaire pour mener à bien un tel programme. À la place de ses supérieurs, je le remplacerais.

— Vous jugerez peut-être ma question inconvenante, déplora Higgins, mais c'est de la pure routine. Le dimanche 2 février, à vingt et une heures seize, quelles étaient vos occupations ?

D'impériale, l'attitude de Ling Mao devint franchement menaçante. Il ressemblait à un fauve prêt à bondir.

— 19 —

— Vous me donnez le jour et l'heure du crime, et vous exigez de moi un alibi, s'indigna le professeur Ling Mao, glacial. Je devrais me contenter d'une réponse définitive : je faisais ce que j'avais à faire. Oser me soupçonner relève de l'insulte. Ah, ce sentiment britannique de posséder encore un empire ! C'est terminé, inspecteur. Vous n'êtes plus qu'une petite île et un royaume désuni. Néanmoins je vais me montrer bon prince et négliger votre insolence.

Ling Mao se releva et, d'un pas martial, se dirigea vers la porte de son domaine. Il l'ouvrit, appela le molosse chargé de sa protection et le fit entrer.

— Réponds clairement à mes questions par « oui » ou par « non ». C'est compris ?

— Oui, mon colonel.

— Dimanche 2 février, le soir, tu étais de garde ?

— Oui, mon colonel.

— De dix-huit heures à minuit ?

— Oui, mon colonel.

— Et moi, j'étais ici, dans cette pièce ?

— Oui, mon colonel.

— Retourne à ton poste.

— À vos ordres.

Le professeur Ling se tourna vers Higgins qui prenait des notes.

— Est-ce bien clair, inspecteur ? J'ignore où le crime a été commis, mais vous savez où je me trouvais. On appelle cela un « alibi en béton » si je ne me trompe pas ? Ce brave soldat n'est pas une lumière, mais son témoignage formel m'innocente. Si nous fêtions notre réconciliation avec un doigt de cognac ?

Le Chinois joignit le geste à la parole. En connaisseur, il buvait un produit régional haut de gamme.

— À la gloire de la Chine, et à la santé de notre président !

Higgins n'imita pas son hôte, adepte du « cul sec », qui se resservit avant de se rasseoir, nettement plus détendu.

— Quelque chose me chiffonne, inspecteur. Soupçonneriez-vous l'un des membres du comité d'experts d'avoir tué Donald Dyck ?

— Une simple piste parmi d'autres. Selon l'expression technique, un enquêteur « ferme des portes » afin de se rapprocher de celle derrière laquelle se dissimule la vérité.

— À votre manière, vous êtes un chercheur et un scientifique, même si vous employez des instruments désuets, un crayon et un carnet.

— Une vieille habitude. Dans ce comité, vous n'avez pas que des ennemis ?

— Bien sûr que non ! Ivan Titanov est un grand ami de la Chine. Nous nous entendons à merveille, et nous votons toujours de la même façon lorsqu'il faut prendre une décision. La Russie est la petite sœur de la Chine. Elle a besoin de nous contre les Américains et les Européens qui ont eu le grand tort de la rejeter. Cette Europe vaniteuse et impuissante que représente si bien le couple franco-allemand, formé de l'insupportable Pierre Deltrousse et de l'ennuyeux Derek Bendof.

— Insupportable ?

— La guerre entre Anglais et Français n'est pas celle de Cent Ans, mais de mille ans ! Vous êtes mieux placé que moi pour jauger l'agressivité française.

— La Chine et la France seraient-elles en conflit ?

— Le professeur Deltrousse nous accuse d'avoir volé à sa République le laboratoire de Wuhan qu'elle avait financé. Et alors ? Attitude colonialiste. Ce qui est en Chine est en Chine, et nous appartient de plein droit.

Une lueur d'amusement anima le regard de Ling Mao.

— Les Français nous ont gentiment livré les techniques de fabrication de leurs TGV, de leurs voitures et de leurs médicaments. Qui aurait été assez stupide pour refuser ? En ce qui concerne le cognac, nous ne sommes pas encore à la hauteur. Mais comme nous progressons du côté des vins, après avoir beaucoup appris en achetant des domaines viticoles français, je ne désespère pas. Quoi qu'il en soit, n'imaginez pas le professeur Deltrousse en assassin ! Il ne s'intéresse qu'à sa carrière, à ses titres et à ses décorations, et je ne vois pas comment un obscur chercheur comme Donald Dyck aurait pu le perturber.

— En diriez-vous autant du professeur Bendof ?

— Lui, c'est le *Herr Doktor* dans toute sa splendeur germanique ! Le summum du sérieux. Concept dominant : *Struktur*. Pas question de plaisanter avec la science. Cet incident qui nous oblige à nous confiner lui aura profondément déplu. En Allemagne, rien de tel ne s'est produit dans les P4.

— Ne recherchent-ils pas, eux aussi, le vaccin universel ?

— Ce n'est pas leur obsession. Ils s'intéressent plutôt aux antiviraux, dont la rentabilité serait assurée.

— Deux professeurs complices, si je vous entends bien ?

— N'exagérons rien, inspecteur ! Vous savez, comme moi, que l'Europe n'est qu'une gaudriole soumise au couple franco-allemand. Les scientifiques appliquent les directives des politiciens, et ces deux-là doivent marcher d'un même pas.

— Après le Brexit, l'éventuelle découverte d'un chercheur anglais ne les aurait-elle pas gênés ?

Ling Mao leva les yeux au ciel. La glace du plafond refléta son scepticisme.

— Des collègues si honorables et si conventionnels... Eux, des criminels ? Impensable ! L'Indienne, en revanche...

— Indira Shupatavi ?

— Quelle personnalité inclassable ! Une surdouée qui a sombré dans une sorte de folie. Les institutions internationales nous l'ont imposée pour ne pas vexer le deuxième pays le plus peuplé du monde. À voir la liste de ses diplômes, on est impressionné. Ses expertises, souvent critiques, sont parfois pertinentes. Mais ses convictions sont délirantes. Pour n'en citer qu'une, elle souhaite la fermeture de tous les P4 à la surface du globe ! Par bonheur pour elle, l'Indienne n'a rédigé aucun mémoire en ce sens. Elle me l'a simplement confié.

— D'après vous, idéaliste inoffensive ou activiste dangereuse ?

— Je ne suis pas un spécialiste des femmes, inspecteur.

Higgins referma son carnet noir.

— Merci de votre accueil, professeur.

— Je ne pense pas vous avoir été très utile.

— Détrompez-vous. Dans une enquête criminelle, le moindre détail compte. Et je garde toujours à l'esprit la maxime de Lao-tseu : « La voie qui est une voie n'est pas la Voie. »

Admirateur de Mao qui avait ordonné la destruction de tous les sanctuaires taoïstes, le professeur Ling serra les lèvres.

— 20 —

— On continue, inspecteur ? demanda le chauffeur.

— Si cela ne vous dérange pas trop, j'aimerais me rendre à la clinique du professeur Bendof.

— Je suis à votre disposition. Le superintendant m'a promis une belle prime.

— Nous nous arrêterons en chemin, et je vous achèterai de quoi vous restaurer. Je connais une sandwicherie bio qui vend d'excellents en-cas.

Pendant que le chauffeur mettait le cap au nord, Higgins songea à la prestation de Ling Mao. L'alibi fourni par le garde du corps, aux ordres de son colonel, n'avait aucune valeur. Du mauvais théâtre chinois. De même que John Fitmore, l'Asiatique refusait de dire où il se trouvait au moment de l'assassinat de Donald Dyck.

Surtout, ne pas interpréter hâtivement cette attitude et se contenter de répertorier les faits. Travaillant comme un alchimiste, Higgins les plaçait dans un athanor, le fourneau de la transmutation, les laissait se purifier et patientait jusqu'à ce que le Grand Œuvre de la vérité apparaisse de lui-même.

A priori et conclusions prématurées empêcheraient la maturation.

Quelques flocons de neige, une circulation plus fluide. Une nuit d'hiver qui aurait dû ressembler aux autres, si n'avait existé une menace terrifiante, que très peu d'humains connaissaient. L'ex-inspecteur-chef se serait volontiers passé de ce privilège, mais mieux valait oublier le poids qui pesait sur ses épaules et tenter de remplir la mission qui lui avait été confiée. Une forme de liberté très particulière.

Il lut le dossier du MI5 consacré au professeur allemand Derek Bendof.

Cinquante-quatre ans, né à Munich. Famille aisée. Études convenables, en Allemagne et aux États-Unis. Jamais premier, toujours deuxième, pas un pas de travers, à l'exception d'un divorce. Épouse combative, lourde pension alimentaire, deux enfants qu'il n'avait pas eu le temps de revoir tout en étant contraint de financer leur éducation. Obligation strictement remplie. Ni remariage ni relation sentimentale notable.

Travailleur acharné, rigoureux, considéré comme intègre, respecté de l'ensemble de ses collègues. Sa parole n'avait pas autant de poids que celle de l'Américain John Fitmore et, depuis peu, que celle du Chinois Ling Mao, elle demeurait néanmoins indispensable pour certifier la sécurité d'un P4.

Lors des congrès, en dépit de la qualité de son propos, l'assistance s'endormait quand Derek Bendof prenait la parole. Indifférent à la gloriole, il traçait laborieusement son chemin.

Sa spécialité n'attirait qu'un nombre très restreint de chercheurs : dénicher du virus encore actif dans les cadavres. Scanners *post mortem* et biopsies des organes constituaient son lot quotidien, en dehors des inspections de P4. Il était ravi de déceler des traces de virus dans le cerveau, le larynx, les poumons, le cœur, les reins, et même dans les jambes. De quoi faire progresser la science, mais pas s'entourer d'une bande d'amis facétieux.

L'Allemand avait investi une partie de ses avoirs, non négligeables, dans une clinique d'hyper-luxe au nord de Londres et ne le regrettait pas. Équipement dernier cri, chirurgiens et médecins de haut vol, infirmières en grand nombre, cuisine gastronomique, ostéopathes, piscine, salle de fitness... On était presque heureux de se faire opérer ou de tomber malade. Seul problème : le prix du séjour était, lui aussi, d'hyper-luxe. Aussi l'endroit était-il réservé à une clientèle huppée – politiciens, comédiens, émirs, patrons de grandes entreprises et autres sommités au portefeuille bien garni. Pendant l'épidémie de Covid-19, un seul décès. Un cheikh saoudien de quatre-vingt-douze ans qui avait abusé de la cave remarquable de la clinique.

Après la halte promise, le chauffeur disposait d'un appétissant sandwich – jambon de Parme, tomates et parmesan – et d'une bière blonde. À peine garé sur le parking de la clinique, il appela le superintendant Marlow pour lui signaler le nouvel épisode de l'enquête.

★

Le hall ressemblait à celui d'un palace, et nul n'aurait pu se croire dans un établissement hospitalier. Higgins s'adressa à l'accueil, où officiait une charmante jeune personne, entourée d'ordinateurs.

— Puis-je vous aider, docteur ?

— Veuillez m'excuser, je ne suis pas médecin.

— Ah… Auriez-vous besoin de soins urgents ?

— Je désire simplement voir M. Derek Bendof, le propriétaire.

— Je crains que ce ne soit impossible.

— Inspecteur Higgins, Scotland Yard.

— Ah… C'est différent. Un instant.

La jeune femme appela sa supérieure. Une conversation brève et animée.

— M. Bendof est confiné pour des raisons sanitaires, inspecteur.

— Je suis au courant. Si vous voulez bien me donner un masque, je respecterai la distance sociale.

— Ah…

Nouvelle conversation et, cette fois-ci, feu vert.

— On vient vous chercher.

— 21 —

Au sortir de l'ascenseur, une robuste infirmière qui n'inspirait pas l'envie de plaisanter.

— Scotland Yard ou pas, je prends votre température.

Elle plaqua un thermomètre sur le front du visiteur.

— Pas de fièvre. Mettez ce masque.

Higgins obéit.

— Distance obligatoire : quatre mètres.

Le cerbère ouvrit la porte.

Une vaste pièce. Murs blancs et nus. Ni tableaux ni décoration. Une bibliothèque, un canapé, une table en chêne, quatre chaises. Télévision grand écran et ordinateur. Un bar, où ne figuraient que des bières.

Coiffé en brosse, la tête carrée, le buste proéminent, le ventre épanoui, vêtu d'une chemise beige et d'un pantalon noir, Derek Bendof n'était pas un gringalet.

— Il paraît que vous êtes de la police ?

— Inspecteur Higgins.

— Qu'est-ce que vous me voulez ?

— J'aimerais avoir votre avis à propos d'un assassinat.

L'Allemand fut tétanisé pendant une bonne minute.

— Un assassinat... dans lequel je serais impliqué ?

— Si vous désirez avouer, je vous écoute volontiers.

— Mais... qui a été tué ?

— Donald Dyck.

Une autre minute s'écoula.

— Je sais qui c'est : un chercheur du... du... Je n'ai pas le droit de vous le dire.

— J'ai rencontré son patron, William Wiltshire. La victime travaillait dans un P4 du pays de Galles.

— Asseyons-nous, recommanda l'Allemand. Vous boirez bien une bière ?

Tout en gardant leurs distances, les deux hommes s'installèrent chacun à une extrémité du canapé, après que le professeur eut empli deux grands verres d'une blonde de Munich.

— Ce Dyck était bien noté, indiqua Derek Bendof. Dire que je l'ai croisé vendredi dernier et que maintenant il est mort ! Dieu, que la vie est fragile !

Le professeur ôta son masque pour boire une gorgée de bière.

— Nous sommes assez éloignés l'un de l'autre, estima-t-il. Faites comme moi.

Higgins ne fut pas mécontent de se débarrasser de cet accessoire.

— Pourquoi ce confinement ? demanda-t-il.

— Un incident bizarre. Samedi dernier, le comité d'experts auquel j'appartiens examinait le P4 de Wiltshire. Rien d'anormal. Le dimanche soir, à vingt-trois heures, signal d'alarme. Une panne dans le système de réfrigération pendant notre inspection. Probablement rien de grave, mais le principe de précaution doit s'appliquer : confinement obligatoire des experts et examens médicaux quotidiens. En ce qui me concerne, tout va bien. Je suis cependant assez choqué par ce dysfonctionnement inacceptable, et je m'interroge sur le sérieux de ce Wiltshire. Pourtant, tout avait plutôt bien commencé. D'ordinaire, il n'est pas si simple de contrôler un P4. Il faut de longues négociations, et certains États, à commencer par la Chine et les États-Unis, dressent de véritables embûches.

— Autrement dit, certains P4 échappent à toute expertise indépendante ?

— Hélas, oui, inspecteur ! Certains ne sont même pas répertoriés, surtout quand ils sont exclusivement militaires. Le comité cherche néanmoins à en établir la carte la plus complète possible. Notre capacité d'intervention est malheureusement limitée, et nous passons beaucoup de temps, surtout mon collègue français et moi-même, à écarter les obstacles administratifs.

— Avec William Wiltshire, ce fut donc différent ?

— Un petit miracle ! Il nous a facilité la tâche et nous a accueillis les bras ouverts. Un modèle de coopération.

— Ce ne fut pas le cas à Wuhan, je suppose ?

— À Wuhan ? Nous ne nous sommes même pas occupés de ce laboratoire, puisqu'il avait été déclassé. Il ne s'agissait plus d'un P4, mais d'un P2, qui n'exigeait donc pas des mesures de sécurité maximale. Et de toute façon, avec les Chinois… Je vais vous montrer quelque chose.

Derek Bendof se leva, empoigna une télécommande et la braqua sur le haut de la bibliothèque.

Tel un écran de cinéma, un grand panneau descendit du plafond et se déploya lentement.

Sur un planisphère étaient plaquées une série de dates.

— 1918, commenta le professeur, grippe dite espagnole, en réalité asiatique. 1957, grippe asiatique. 1968, grippe de Hong Kong. 1976, Ebola. 1981, sida. 1996, ESB, ou « vache folle ». 1997, grippe aviaire H5N1, provenant de Chine. 2003, le SRAS, également chinois. 2012, le MERS-CoV, dû à l'Arabie Saoudite. 2013, grippe aviaire H7N9, encore la Chine. 2016, Zika. Et 2019, Covid-19, toujours la Chine. La plupart des épidémies meurtrières proviennent de là-bas. Certains historiens lui attribuent même l'origine de la peste noire qui a ravagé l'Europe au Moyen Âge.

— Le pangolin et la chauve-souris ne sont-ils pas les responsables du Covid-19 ? questionna Higgins.

— C'est ce qu'il faut croire, en effet.

— Est-ce la conclusion du professeur Ling ?

— Bien entendu. Vu sa stature scientifique, cela ne se discute pas.

— À supposer que Donald Dyck ait contesté cette thèse, Ling Mao l'aurait-il tué pour le faire taire ?

L'Allemand en resta bouche bée.

— 22 —

— Vous… vous plaisantez, inspecteur ?

— Jamais lorsqu'il s'agit d'un crime.

— Nous sommes des savants, pas des assassins !

— L'un n'exclut pas l'autre. Et des compétences scientifiques peuvent faciliter la tâche d'un meurtrier.

Derek Bendof vida son verre et se servit une autre bière, brune, irlandaise et forte.

— Comme beaucoup de confrères chinois, dit-il à mi-voix, le professeur Ling est aussi un militaire de haut rang. On murmure qu'il a fait arrêter des dissidents, dont de jeunes chercheurs qui lui déplaisaient. De là à l'imaginer en assassin… Mais s'il avait décidé de supprimer quelqu'un, c'eût été le professeur Fitmore ! La rivalité acharnée entre Américains et Chinois est présente partout.

— Quand a-t-on fondé le premier P4 ? questionna Higgins.

Le professeur Bendof parut gêné.

— Je n'ai pas de quoi être fier, mais il serait inconvenant de dissimuler les faits. En 1967, en Allemagne, à Marburg, des chercheurs travaillaient dans un laboratoire de l'usine Behring. Ils procédaient à des expérimentations sur des singes verts prélevés en Ouganda. Un noble objectif : fabriquer un vaccin à partir de leurs cellules rénales. À la suite d'une malheureuse manipulation, de nombreux chercheurs ont été contaminés par un virus dont ces animaux étaient porteurs. Sept morts. Baptisé « Marburg », cet agent pathogène provoque une fièvre hémorragique extrêmement dangereuse. À la même période, d'autres accidents du même type se sont produits dans des laboratoires de Francfort et de Belgrade, alors en Yougoslavie. La communauté scientifique a pris conscience que la recherche autour des virus présentait des risques importants et qu'il fallait une classification rigoureuse, P4 désignant le plus haut niveau de sécurité.

— A-t-elle empêché d'autres… accidents ?

— Minimes, inspecteur, minimes ! Le progrès est à ce prix.

— Wuhan, minime également ?

— D'une certaine manière, oui. Peu de victimes au regard de la grippe dite espagnole, et surtout des gens âgés, souffrant de diverses maladies.

— On pourrait donc envisager une pandémie encore plus grave ?

— Certainement ! Imaginez que les agents pathogènes réunis pour un candidat-vaccin universel soient répandus dans la nature… Cette fois, toutes les classes d'âge, partout dans le monde, seraient touchées.

— Hypothèse invraisemblable ?

— En science, il ne faut jurer de rien, mais c'est fort improbable. Ce serait cent fois pire que l'explosion d'une centrale nucléaire.

— L'Américain John Fitmore peut-il être considéré comme le leader de votre comité ?

L'Allemand bougonna.

— Chacune de nos voix compte, mais la sienne pèse lourd, très lourd. Ces derniers temps, les relations entre son pays et le mien ne sont pas excellentes, mais nous essayons d'oublier la politique et de nous concentrer sur nos expertises. L'autorité scientifique du professeur Fitmore est incontestable. Elle n'a d'ailleurs jamais été contestée.

— Pas de liens d'amitié entre vous ?

— Pas le moindre.

— Avec le professeur Deltrousse, c'est différent.

L'Allemand eut presque un sourire.

— Sous ses dehors aimables et sa parfaite éducation, Fitmore est un rouleau compresseur. Mieux vaut ne pas lui faire obstacle. Mon ami Pierre Deltrousse est tout le contraire. Malgré ses titres et ses décorations, il est resté très simple. Il est tellement brillant que les médias se l'arrachent. Ensemble, nous faisons bloc au nom de l'Europe, face aux dragons que sont les États-Unis et la Chine. Aucune certification de P4 sans l'agrément du professeur Deltrousse.

— La voix du professeur Ivan Titanov a-t-elle autant d'importance ?

L'Allemand but une gorgée de bière brune.

— La Russie n'est que la Russie, la patrie du dopage. Un siège au Conseil de sécurité de l'ONU, certes, et des succès illusoires en Syrie. Mais l'Europe l'a rejetée et l'Amérique la considère comme une ennemie, malgré les efforts de Trump. Reste l'allié chinois, un boa constrictor.

— Le professeur Titanov serait-il un mauvais expert ?

— Ah non, inspecteur, au contraire ! La science russe n'a rien perdu de sa qualité. Titanov est un génie farfelu, capable de fulgurances dont il faut tenir compte. Mais c'est aussi un alcoolique notoire, parfois imprévisible. Aussi nos contacts sont-ils strictement professionnels et, je vous l'avoue, peu cordiaux.

— En est-il de même avec Indira Shupatavi ?

L'Allemand prit un air de bouledogue.

— La honte du métier ! Si cette femme ne bénéficiait pas d'appuis politiques en raison de sa nationalité, elle n'appartiendrait pas à notre comité.

— Incompétente ?

— Hélas, non ! Cela nous aurait permis de la chasser. À lire ses rapports et ses évaluations, on la croirait normale ! Mais si vous entendiez ses élucubrations en off… De quoi l'envoyer à l'asile ! À se demander si elle ne souffre pas de folie passagère.

— De folie… meurtrière ?

Derek Bendof s'accorda un long temps de réflexion.

— Je songe au but majeur du P4 de Wiltshire.

— Le vaccin universel ?

— Ah, vous savez… Son équipe, notamment Donald Dyck, y travaillait. Or, l'Indienne était opposée à ce projet qu'elle jugeait presque criminel ! Aurait-elle commis l'irréparable en supprimant un chercheur ?

Higgins tourna une page de son carnet noir.

— Accepteriez-vous, professeur, de préciser l'endroit où vous vous trouviez, dimanche 2 février, à vingt et une heures seize ?

L'Allemand se raidit.

— L'heure du crime... Dimanche dernier, je me trouvais ici. Je rédigeais un mémorandum sur une sécurité encore accrue des P4, en prévoyant les objections de Ling Mao, qui estime les mesures actuelles suffisantes.

— Pardonnez mon indiscrétion : étiez-vous seul ?

— Bien sûr que oui ! D'abord, on ne se consacre correctement à de si sérieux sujets que dans la solitude ; ensuite, le coût de mon divorce m'a guéri de la compagnie des femmes. À mon âge, une professionnelle convenable suffit à mes modestes besoins.

— Dans le champ illimité de la recherche, auriez-vous un domaine de prédilection ?

L'Allemand regarda ailleurs.

— Je prélève des virus sur les cadavres. Au début, je vomissais plusieurs fois par jour. Et puis je me suis habitué. Comme auparavant, je digère tout. Et mes trouvailles sont appréciées des P4. Souvenons-nous de la constatation d'Hippocrate : « C'est des morts que viennent les nourritures, les croissances et les semences. »

— 23 —

Si Chelsea était, aux yeux des snobs, un quartier un peu moins branché qu'il ne l'avait été, il attirait encore des débranchés. Tout en faisant l'apologie du vélo et de la mobilité douce, ceux-ci conservaient cependant une ou deux voitures, de préférence de course. D'où l'obligation de fréquenter un garage, comme celui que possédait le professeur russe Ivan Titanov. Et c'était là qu'il avait choisi de se confiner.

En chemin, Higgins avait consulté son dossier. Entre l'Angleterre et la Russie, des relations glaciales. À leur belle époque, les espions de l'ex-Union soviétique avaient occupé des postes majeurs dans plusieurs institutions britanniques, y compris les services secrets. Entre gens de bonne compagnie, on s'était arrangés. Mais sous le règne de Theresa May, la situation s'était dégradée.

Âgé de quarante-cinq ans, Ivan Titanov avait un parcours atypique. Né à Moscou, il avait été abandonné par ses parents, partis pour une destination inconnue. Élevé dans un orphelinat, il s'était imposé, en raison de son physique impressionnant, comme le patron des pensionnaires. Des dons évidents pour les sciences d'une part, et pour l'haltérophilie d'autre part. Son gag préféré : soulever deux camarades en les agrippant par le col de leur chemise.

À vingt ans, premier diplôme de biologie, bruyamment célébré dans une boîte de nuit où Titanov, légèrement ivre, avait détruit le mobilier. Ce beau tempérament avait attiré l'attention des formateurs d'une haute école, le FSB.

Comme aux États-Unis ou en Angleterre, un individu brillant pouvait poursuivre des études tout en étant employé par un service secret qui l'avait initié à des disciplines connexes.

Le MI6 n'ayant pas transmis au MI5 le détail des missions remplies par Titanov, impossible d'en connaître l'ampleur.

Superbe carrière universitaire, couronnée par un titre de professeur et une entrée au comité d'experts chargé de vérifier la sécurité des P4. Ses articles et ses recommandations avaient séduit le jury.

À l'approche de la destination, Higgins songea aux indications qu'il avait retirées de son entretien avec le professeur Derek Bendof, dont l'alibi pour l'heure du crime n'était pas plus fiable que ceux de John Fitmore, William Wiltshire et Ling Mao.

*

De belle taille, la porte métallique était fermée. Une sonnette. L'ex-inspecteur-chef appuya. Une fois, deux fois, trois fois.

Aucune réaction. Il faudrait revenir le lendemain. Alors que Higgins retournait vers la voiture, une voix très sonore jaillit de l'interphone.

— Qui est là ?

— Scotland Yard. Inspecteur Higgins.

— Tu veux quoi ?

— Enquête criminelle.

Long silence.

— J'aime beaucoup rire, petit père. Mais ce soir, suis occupé. Va faire tes blagues ailleurs.

— Je vous souhaite une bonne nuit. À demain matin. J'espère que vous consentirez à me recevoir, car votre témoignage me sera sûrement précieux.

— Attends une seconde, Ivan fouille dans sa mémoire, et tous les saints du paradis savent qu'elle est prodigieuse. Inspecteur Higgins, c'est bien ça ?

— C'est bien ça.

— C'est toi qui as croisé la route de mon ami milliardaire Igor Andrenev[1] ?

— En effet.

Des bruits de pas. Puis la porte métallique bascula, découvrant un garage qui contenait une bonne dizaine de véhicules. Sur des étagères, le matériel nécessaire pour les réparer. Un local à l'ancienne, assez éloigné des établissements modernes voués à l'électronique et dignes d'un bloc opératoire.

Le professeur russe Ivan Titanov ne passait pas inaperçu. Deux mètres, cent quarante kilos. Salopette

1. Voir *Un crime pour l'éternité*, Les Enquêtes de l'inspecteur Higgins, n° 33.

bleue souillée de taches diverses. Des mains à étrangler un ours, animal auquel il ressemblait. Malgré son calme apparent, on le sentait habité d'une redoutable puissance qui pouvait se déchaîner à chaque instant.

Il portait une visière en plexiglas et se tenait à bonne distance de Higgins.

— Alors, petit père, on a tué qui ?

— Donald Dyck.

— 24 —

Le colosse se concentra.

— Donald Dyck… Un des chercheurs qui travaillent au labo britannique ?

— Exactement, approuva Higgins.

— Alors, tu en connais déjà long ! Tu t'es sûrement renseigné sur les P4 et tu sais que celui de William Wiltshire, au pays de Galles, était obsédé par la recherche du vaccin universel. Tu sais aussi que j'appartiens au comité d'experts chargé de vérifier leur haut niveau de sécurité, que nous avons rencontré le personnel vendredi dernier, que nous avons examiné le labo le samedi avec le directeur et que nous avons reçu une « alerte contamination » le dimanche à vingt-trois heures.

— En effet.

— Viens voir. Je vais te montrer une merveille. Grâce à ma visière, tu ne crains rien. Et puis les premiers examens ont prouvé qu'Ivan était en parfaite santé. D'ailleurs, il n'en doutait pas.

— L'incident de samedi vous semble sans gravité ?

— La panne dans le système de refroidissement ? De la blague ! Je l'aurais détectée. C'est ma spécialité.

— Mais alors...

— Alors, ce crétin de Wiltshire a raconté n'importe quoi.

— Avec quelle intention ?

L'œil du Russe brilla.

— Soit tu le sais déjà et tu me titilles, soit tu veux me tirer les vers du nez ! Les Anglais, vous êtes sacrément tordus. Mais Ivan n'est pas né de la dernière averse. Cette arnaque était destinée à nous confiner. Pourquoi ? Tu me donnes la réponse, petit père : l'assassinat de ce Dyck. Comme tous les membres du comité sont suspects, on nous retient à Londres et toi, tu nous interroges et tu recherches le meurtrier. Moi, je suis ravi ! J'adore ce garage que j'ai acheté pour réparer moi-même des voitures anciennes. Viens voir ma merveille.

Avec délicatesse, le colosse souleva le capot d'une Aston Martin DB5 gris métallisé. Son visage devint celui d'un amoureux transi.

— Comme c'est beau, murmura-t-il. En ce moment, j'ai le temps de la cajoler. Elle date de 1964. C'est elle que conduisait James Bond dans *Goldfinger*. Je possède aussi une Ferrari 250 GTO de 1961 et une Jaguar Type E de 1962. Elles sont fragiles, mes biches, mais toujours disponibles, pas comme les femmes.

— Vous n'êtes pas marié ?

Titanov éclata de rire.

— Il faudrait être fou ! Il y a tellement de belles filles sur cette planète ! À Londres, à moi les petites

Anglaises ! Honnêtement, quand on tombe bien, on n'est pas déçu. Mais dis donc, tu ne m'as pas demandé mon alibi pour le jour et l'heure du crime.

— Dimanche 2 février, vingt et une heures seize.

— Décidément, les coutumes se perdent ! *Sunday is closed*. Autrefois, en Angleterre, tout était fermé le dimanche. Maintenant, on assassine. Et on appelle ça le progrès.

Il referma le capot.

— Ce jour-là et à cette heure-là, Ivan caressait cette Aston Martin dans son garage. Je lui chantais une berceuse pour qu'elle dorme bien.

— Étiez-vous seul ?

Le géant se fâcha.

— Seul avec elle, bien sûr ! Je n'autorise personne à troubler des moments pareils ! L'intimité, c'est l'intimité.

Higgins ouvrit son carnet noir.

— Je consigne donc le témoignage de votre Aston Martin, en déplorant que peu de policiers et de juges soient animistes. Ils perdent nombre d'informations utiles.

— Tu me plais, petit père ! Rassure-toi, je n'ai pas tué ton Donald Dyck. Comment s'y est-on pris ?

— Désolé, secret de l'enquête.

— On n'aurait pas utilisé une arme sophistiquée qui ferait songer à un service secret, par exemple russe ?

Le mutisme de Higgins était éloquent.

— Une jolie manip pour me mettre un crime sur le dos ! Les Américains, les Chinois… les Anglais ?

Les autres ne sont pas assez futés. Bien sûr, tu sais aussi que j'ai été à l'école du FSB et que j'espionne un peu, comme tous les scientifiques haut placés. Ici, on a tendance à détester les Russes. Ivan serait un tueur idéal.

— Encore faudrait-il prouver votre culpabilité.

— Tu continues à me plaire !

Le géant faillit taper sur l'épaule de l'ex-inspecteur-chef, mais se retint au dernier moment. Higgins l'avait échappé belle.

— Après une journée de mécanique, Ivan meurt de faim et de soif. Tu as dîné ?

— Non.

— Je t'invite, petit père !

— 25 —

Suivant son hôte, Higgins grimpa un escalier qui menait à une immense pièce à vivre : bar bien garni, deux canapés, longue et large table, une dizaine de chaises, home cinéma, ordinateur, piles de dossiers.

— Pendant le confinement, on me livre trois repas par jour, indiqua le Russe. Ce soir, viande de bœuf séchée, chips affinées à la poudre de poivron, saumon fumé, *grissini* au parmesan et purée de figues. C'est sommaire, mais ça m'a l'air goûteux. Je suis en train d'expérimenter une perversion anglaise : le gin. Le mauvais est vraiment un désastre sanitaire. Le bon, en revanche, n'est pas désagréable. J'ai goûté le classique aux baies de genièvre, mais j'ai découvert ceux aux notes de gingembre, de noix de muscade, de coriandre et d'écorce d'orange. Ça se boit comme de l'eau et ça tonifie. Assieds-toi, je te sers.

La fatigue d'une longue journée commençant à se faire sentir, Higgins ne refusa pas cet en-cas.

— Vos rapports avec les autres experts ne sont-ils pas trop… tendus ?

— La guerre permanente, petit père ! C'est la vie. La paix est une invention de doux rêveurs. Les animaux se battent pour désigner un chef. Les humains aussi.

— Pourquoi avez-vous désiré entrer dans ce comité ?

— Pour découvrir un maximum de P4 et transmettre les informations à mes chefs. Attaqué de toutes parts, mon pays doit se défendre. Et la première ligne de défense, c'est l'information. Les P4 ont pour but de décrypter les pathogènes, de comprendre leur fonctionnement, d'analyser leurs interactions avec un organisme humain et de préparer des mutations génétiques.

— Programme dangereux ?

— Tout est dangereux, même traverser la rue.

— Pour le futur, des armes plus efficaces que la bombe atomique.

— Sûrement, petit père ! Et la Russie n'a pas l'intention de se laisser tondre comme un mouton. Sa sécurité et sa puissance de frappe sont primordiales.

— Que s'est-il réellement passé à Wuhan ?

Titanov avala deux tranches de saumon avant de répondre.

— Mon seul allié dans le comité, c'est le colonel et professeur Ling Mao. Une amitié de circonstance, mais peut-être durable, à cause de l'hostilité envers nous des États-Unis et de l'Europe. Sur ce coup-là, il n'a proféré que des niaiseries de type « théorie du pangolin ». Propagées par des épidémiologistes qui sont sortis de terre comme des champignons, elles ont apaisé l'opinion publique.

— Votre avis ?

— Sans doute un accident dû à un manque de sécurité. Imaginer la dispersion volontaire d'un virus serait monstrueux. Alors, ce gin ?

— Remarquable.

— Quand je pense que j'ai proposé à l'OMS une solution radicale pour lutter contre les pandémies : désinfecter les rues des grandes villes, où les gens sont entassés. C'est quand même pas sorcier, et ça donnerait du boulot à des millions de chômeurs. Réponse : « Inutile et dangereux. » Pas question non plus de désinfecter l'intérieur des bâtiments. Attends, je cherche la recommandation officielle.

Le géant souleva une pile de documents comme si elle ne pesait que quelques grammes.

— Ah, voilà ! Je te lis : « Si des désinfectants doivent vraiment être appliqués, il convient de le faire avec un chiffon ou une lingette imbibée de ce désinfectant. » C'est aussi grandiose que les communiqués du Comité central à l'époque de l'Union soviétique. Oublions, et attaquons la viande de bœuf. C'est du meilleur, de l'Angus.

— J'ai cru comprendre que la Chine exerçait sur l'OMS, comme sur d'autres institutions internationales, une certaine influence.

— Fatal, petit père ! Les Chinois sont les rois de l'infiltration. Ils sont malheureusement meilleurs que nous. Les Américains râlent, les Chinois achètent.

— Entre John Fitmore et Ling Mao, pas d'atomes crochus ?

— Ils ne passaient pas leurs vacances ensemble, mais les exigences scientifiques primaient sur la politique. Enfin, souhaitons-le…

— Que sous-entendez-vous ?

— À notre santé ! tonna le Russe en levant son verre.

— Ne me cacheriez-vous pas quelque chose ? suggéra Higgins.

— Fitmore est un tyran poli et raffiné, Ling un tortionnaire en blouse blanche. Les P4 constituent un enjeu fondamental pour l'avenir. C'est comme dans la finance ; les deux premières puissances mondiales se tiennent par la barbichette. Et puis…

Ivan Titanov engloutit une tranche de bœuf.

— N'indiquiez-vous pas que vous êtes un ami de Ling Mao ?

— Si l'on veut. Lui, il est resté communiste. Sa religion, c'est le Parti. Disons qu'on s'entend au mieux. Du côté de l'Américain, le Covid-19 n'a rien changé : voilà un bout de temps qu'on ne se serre plus la main. Remarque, c'est presque pareil avec l'Allemand et le Français. Ils complotent afin de me chasser du comité. Sans succès pour le moment. Par bonheur, il y a un rayon de soleil, ma petite Indira ! Elle raconte souvent n'importe quoi, mais elle est si belle ! Je crois que je suis amoureux. En inspectant un P4 avec elle, je suis au paradis. Je vais faire du vrai café. Les Anglais n'ont pas le coup de main.

Le colosse se retira dans une cuisine aménagée au fond de la pièce et isolée par une cloison. Higgins en profita pour se lever et examiner les dossiers qu'avait accumulés le professeur russe. Beaucoup de calculs, de schémas, de statistiques… et, entre deux tableaux de chiffres, une liste que l'ex-inspecteur-chef parcourut d'un coup d'œil : « Super Bowl, Wimbledon, fête de la bière, bénédiction *urbi et orbi*, concert géant à Las Vegas. »

Quand Titanov réapparut avec une cafetière, Higgins regardait un graphique.

— Incompréhensible, avoua-t-il.

— Tous ces calculs ! La plupart ne servent à rien, mais ça fait fonctionner les machines. Après, on interprète, et on applique ou non. Des cas de conscience… Ivan est fatigué. Une tasse de café, et on va dormir.

— J'ai le sentiment que nous ne tarderons pas à nous revoir.

Le Russe fixa l'ex-inspecteur-chef.

— Moi aussi.

— 26 —

Pendant son sommeil, l'esprit de Higgins avait travaillé. Trier, classer, soupeser… La quantité d'éléments accumulés en une seule journée méritait d'être décantée.

Après une douche brûlante, la délicate opération du rasage. Humidification du visage avec une serviette chaude, application d'une mousse de savon à barbe à l'aide d'un blaireau en bois de bruyère, et utilisation d'un coupe-chou qui portait une inscription dictant souvent sa ligne de conduite à un enquêteur : « L'homme pressé prend son temps. » Restait à lisser la moustache avec un superbe lissoir en nacre que lui avait offert une admiratrice.

Tout en dégustant un breakfast des plus appétissants, Higgins réfléchissait à la liste qu'il avait découverte chez le professeur russe Ivan Titanov. Wimbledon, qui, quoi qu'en disent les Français vantant leur Roland-Garros, restait le plus grand tournoi de tennis du monde : le Super Bowl, la finale du championnat de football américain ; la fête de la bière à Munich, une institution allemande ; la bénédiction *urbi et orbi* prononcée par le pape, à Rome, place Saint-Pierre ; un concert, certes pas de musique classique, à Las Vegas. Tous ces événements avaient un point commun : rassembler une foule considérable, avec des gens serrés les uns contre les autres. Des occasions idéales pour la diffusion d'un virus qui contaminerait rapidement des milliers de personnes, provoquant ainsi une pandémie.

Deux hypothèses : soit Titanov avait répertorié des sites aux États-Unis, en Angleterre, en Allemagne et en Italie, qu'il jugeait à haut risque, sans doute avec l'intention de mettre en garde les autorités ; soit c'étaient les objectifs privilégiés du savant fou qui avait dérobé des agents pathogènes dans le P4 du pays de Galles.

Alors que Higgins, seul sujet de Sa Majesté à détester le thé, buvait un excellent arabica, le téléphone sonna. Il décrocha et reconnut aussitôt la voix embarrassée du superintendant Marlow.

— Nous avons un sérieux problème ! Le professeur Deltrousse a tenté de quitter sa résidence. Comme prévu, deux inspecteurs l'ont intercepté. Il commence à faire du scandale en affirmant qu'en France, même au pic de l'épidémie de Covid-19, on autorisait les citoyens à se promener autour de chez eux.

— Autorisez-le à se dégourdir les jambes une petite heure, sous la surveillance de vos hommes. À son retour, je serai là !

Soulagé, Marlow raccrocha.

⋆

Higgins et son chauffeur se saluèrent. Chaudement vêtu, l'ex-inspecteur-chef s'assit à l'arrière et ouvrit le dossier du MI5 consacré au professeur Pierre Deltrousse.

Âgé de soixante-deux ans, né à Paris d'un père chirurgien et politicien, et d'une mère occupant un poste élevé au ministère de la Santé, le jeune Pierre, bien conseillé et bien orienté, avait aisément décroché plusieurs diplômes qui lui ouvraient les portes du milieu médical, non pour guérir des malades, mais pour soigner une brillante carrière administrative. Comprenant que le travail seul ne suffisait pas pour grimper les échelons, Deltrousse avait organisé déjeuners et dîners avec des sommités de l'univers de la santé, tant françaises qu'étrangères. Membre de toutes les sociétés dites savantes et d'institutions internationales majeures, telle l'OMS, le professeur émettait des avis autorisés. De mauvaises langues le qualifiaient de « médecin de télévision », critique qu'il dédaignait. Omniprésent sur les plateaux, à la radio et sur les réseaux sociaux, Pierre Deltrousse écrasait les éventuels contradicteurs de sa superbe et de son autorité scientifique. Et l'on finissait toujours par l'écouter religieusement, qu'il affirme l'inutilité des masques pour enrayer une épidémie ou prône leur indispensable usage. Suscitant l'admiration de la gauche, de la droite et du centre, il avait obtenu un nombre impressionnant de décorations et de titres honorifiques. Docteur *honoris causa* d'une bonne dizaine d'universités prestigieuses, il ne lui manquait plus qu'un poste de ministre.

Jonglant avec le numérateur, à savoir le nombre de morts d'une pandémie, et le dénominateur, celui des malades, Pierre Deltrousse était le spécialiste incontesté du taux de morbidité. À un journaliste légèrement insolent qui avait osé critiquer les expérimentations médicales menées sous l'égide de l'Union européenne et ne donnant d'autre résultat que des rapports administratifs, le professeur avait lancé : « Quand les grands scientifiques vous apprennent qu'il n'y a pas de résultat, les gens ordinaires ne comprennent pas que c'est un résultat. »

Sans posséder la fortune de John Fitmore, Deltrousse n'était pas dans le besoin. Et le Covid-19, qui avait touché tant de « soignants », serait peut-être fort avantageux pour lui. Disposant de contacts à l'Université islamique internationale de Malaisie à Gombak, il participait à l'élaboration d'un robot médical qui remplacerait nombre de médecins et d'infirmières. Le prototype semblait prometteur. En cas de nouvelle pandémie, des milliers d'appareils seraient vendus aux hôpitaux du monde entier, et les royalties du professeur, garant de leur fiabilité, seraient fabuleuses.

Mécontent d'être confiné de force, Pierre Deltrousse avait exigé une résidence digne de son rang et une domesticité convenable. Le MI5 lui avait octroyé une maison à trois étages et fenêtres à petits carreaux, dans le quartier de Bloomsbury. À son service, un cuisinier, une femme de chambre et un secrétaire. Mobilier Regency, confort discret, équipement informatique.

Quand la voiture de Scotland Yard se gara devant le jardinet qui précédait la coquette demeure, le professeur, qui venait de congédier ses anges gardiens, y rentrait. Il ne portait pas de masque.

— 27 —

Le secrétaire ouvrit à Higgins.

— Monsieur désire ?

— Voir le professeur Deltrousse.

— C'est malheureusement impossible. Le professeur est souffrant.

— Auriez-vous néanmoins l'obligeance de lui annoncer que l'inspecteur Higgins, de Scotland Yard, souhaiterait s'entretenir avec lui ?

— Veuillez attendre ici.

Le secrétaire referma la porte. Dégageant le ciel, un vent froid se levait. Une période difficile pour les oiseaux, qu'il fallait nourrir et protéger des chats. Bien nourri et pelotonné au coin du feu, le siamois Trafalgar, sous la surveillance de Mary, n'en tuerait aucun. L'été précédent, nombre de merles, pourtant réputés solides, avaient été sévèrement touchés par un virus apparenté à la grippe. Même les moineaux risquaient de disparaître.

La porte se rouvrit.

— Le professeur veut connaître l'objet de votre visite, dit le secrétaire.

— Enquête criminelle.

— Criminelle ?

— Criminelle.

— Un instant.

L'instant dura cinq bonnes minutes.

— Le professeur accepte de vous recevoir. Veuillez me suivre.

⋆

Au premier étage, le bureau provisoire de Pierre Deltrousse avait un aspect conventionnel. Tentures vieil or, bibliothèque, fauteuils de cuir à haut dossier, bureau Regency derrière lequel trônait le locataire des lieux.

Cheveux blancs, visage épais et plutôt grossier, sourcils broussailleux et regard impérieux.

— Tenez-vous à deux mètres, ordonna-t-il à l'intrus. Pas besoin de masque. La distance sociale suffira. Nom et grade.

— Inspecteur Higgins.

— Mon secrétaire temporaire m'a parlé d'« enquête criminelle ». Qu'est-ce que c'est que cette histoire ? Et pourquoi des policiers de Scotland Yard m'ont-ils surveillé pendant ma promenade, arrachée de haute lutte dans un pays où, paraît-il, la liberté individuelle est reine ? La liberté, c'est la France qui l'a inventée, personne d'autre !

— Comment vous portez-vous, monsieur Deltrousse ?

— Appelez-moi professeur. Très bien, merci.

— Êtes-vous satisfait de votre suivi médical ?

— Nous ferions mieux dans nos hôpitaux, mais c'est acceptable.

— Un déplorable accident au P4 du laboratoire de William Wiltshire vous contraint à ce pénible confinement.

— « Déplorable », le mot est faible ! « Scandaleux » serait un terme plus approprié. Votre pays sombre dans la décadence. Ce stupide Brexit, et maintenant une panne dans le système de refroidissement d'un laboratoire de pointe ! Je vais demander et obtenir la tête de cet incapable de Wiltshire. Et je ne m'arrêterai pas là : à cause de cette réclusion forcée, j'ai dû annuler des rendez-vous très importants. Votre gouvernement devra me dédommager.

— C'est la moindre des choses.

Le Français parut surpris.

— Ah… Vous m'approuvez ?

— Toute erreur exige réparation.

Deltrousse pointa l'index droit vers Higgins.

— Je comprends ! Le criminel, c'est Wiltshire, et vous avez besoin de mon témoignage pour l'arrêter ! Eh bien, le voici : vendredi dernier, le comité d'experts auquel j'appartiens s'est rendu au pays de Galles afin de vérifier les installations de Wiltshire. Ce jour-là, nous avons croisé les membres du personnel et analysé leurs dossiers.

— Dont celui de Donald Dyck ?

— Possible… Ce nom me rappelle quelqu'un, en effet. C'est important ?

— Je vous expliquerai.

— Le lendemain, reprit Pierre Deltrousse, qui n'aimait guère être interrompu, le comité, selon sa déontologie, a procédé à des investigations en profondeur, en compagnie du seul Wiltshire. Rien d'anormal. Et le dimanche soir, vers vingt-trois heures, je reçois une alerte, doublée de la consigne de me confiner au plus vite ! Hallucinant. À ce niveau d'incompétence, ce Wiltshire mérite bien d'être traité de criminel ! Supposez que l'un des membres du comité soit contaminé par un virus plus ou moins connu ?

— Êtes-vous partisan du vaccin universel qu'évoque William Wiltshire ?

— L'avenir, c'est certain ! Mais ce ne sera sûrement pas son P4 qui le trouvera.

— Sans vous importuner, accepteriez-vous de livrer votre expertise sur un point délicat ?

— À savoir ?

— L'épisode malheureux de Wuhan.

Deltrousse frappa du poing sur son bureau.

— Ces salopards de Chinois ! Vous voulez vraiment que je vous explique ?

— Vous m'obligeriez.

Le Français avait l'air furieux.

— Nous avons été roulés dans la farine de la manière la plus ignoble ! En 1999, le président Chirac a envisagé la création d'un laboratoire franco-chinois avec son ami Alain Mérieux. En 2004, Français et Chinois ont signé un accord de coopération sur le contrôle des maladies infectieuses, en tirant les leçons de la crise du SRAS. Le P4 de Lyon a formé de nombreux chercheurs chinois, qui ont beaucoup appris chez nous. Et quand Wuhan a été inauguré, en 2014, avec des capitaux français, tout allait pour le mieux. Cinquante chercheurs français devaient travailler dans ce nouveau P4. Mais le conte de fées n'a pas duré ! « Pas d'ingérence étrangère dans nos programmes scientifiques », ont déclaré les Chinois. En 2015, Mérieux a dû abandonner la coprésidence de Wuhan, et aucun chercheur français n'y a jamais mis les pieds, malgré plusieurs interventions de nos hommes politiques, Premier ministre et président en tête ! La Grande Muraille de Chine, ce n'est pas une illusion ! Moi, je ne renonce pas à leur faire rendre gorge et je ne manque pas une occasion de rappeler à ce cher Ling Mao que son pays doit dédommager le nôtre.

— La France est équipée de remarquables P4, je crois ?

— En effet, inspecteur, et j'en suis fier. Un laboratoire civil de l'INSERM à Lyon, et deux autres dans l'Essonne, l'un de la Direction générale de l'armement, l'autre de l'Institut de recherche biomédicale des armées. Nous couvrons tout le champ nécessaire : préparation contre des attentats biologiques, création d'antiviraux et de vaccins. Le P4 de Lyon est le plus grand d'Europe, et son potentiel est immense. Comme manipuler des agents pathogènes hautement contagieux présente des risques, nous veillons à une sécurité absolue.

Afin de ne pas alourdir l'atmosphère, Higgins se garda de rappeler l'épisode du SDF qui, selon certains médias, avait réussi à s'introduire dans les locaux du laboratoire lyonnais.

— Sans les P4, reprit le professeur, la recherche génétique serait bloquée. L'épidémiologie progresse à grands pas, et l'étude des virus devient une branche cruciale. Dans ce domaine, la France est une figure de proue, et je m'en félicite.

— Selon vous, que s'est-il produit à Wuhan ?

— Imprudence et erreur de manipulation. Les Chinois ont grandi trop vite, ils ne sont pas au niveau. Et c'est le monde entier qui paie les pots cassés.

Soudain, Pierre Deltrousse fronça les sourcils.

— Vous m'avez promis de m'expliquer pourquoi vous citiez ce Donald… Donald comment, déjà ?

— Donald Dyck.

— C'est cela, un employé de Wiltshire. Qu'a-t-il accompli d'extraordinaire, ce garçon ?

— Il a été assassiné.

— 28 —

Les mains posées à plat sur son bureau de confiné, le professeur Pierre Deltrousse semblait en état de choc et tentait d'analyser une situation inattendue.

— Assassiné... Vous n'exagérez pas ?

— Malheureusement non.

— Qui l'a tué ?

— C'est l'objet de mon enquête.

Le Français reprit des couleurs, et son ton redevint martial.

— En quoi cette affaire me concerne-t-elle ?

— Il est possible qu'elle soit liée au P4 du pays de Galles et à l'inspection de votre comité d'experts.

— Ce serait extrêmement fâcheux. Le premier sur la liste des suspects ne serait-il pas William Wiltshire, le patron de la victime ? Supposez que ce Dyck ait fait une importante trouvaille, qu'il se soit confié à lui et que cet incapable de Wiltshire ait décidé de se l'approprier pour briller de mille feux ? Solution radicale : éliminer Dyck.

— De telles mœurs seraient envisageables dans le milieu scientifique ? s'étonna Higgins.

— Ne soyez pas naïf, inspecteur ! Il est aussi cruel que tous les autres, peut-être même davantage. Des sommes considérables sont en jeu. Les vols de projet ne sont pas rares.

Higgins continua de prendre des notes, tel un bon élève écoutant son professeur.

— J'ai rencontré votre confrère Ivan Titanov. Quel colosse ! Il doit être capable d'étrangler un ours. Un homme violent, d'après vous ?

Deltrousse fit la moue.

— Violent, je l'ignore... Mais espion russe, c'est certain. Une créature de ce tyran de Poutine qui veut déstabiliser l'Europe et piller sa technologie. Titanov et moi, nous nous ignorons.

— Les rapports sont-ils meilleurs avec le professeur Bendof ?

— Derek est un ami de longue date. Au sein du comité, nous formons le couple franco-allemand, le seul qui garantisse l'avenir de l'Europe. Le sérieux de cet expert est un atout majeur. Ensemble, nous faisons face à l'hypocrisie chinoise et à l'arrogance américaine.

— Le professeur John Fitmore ne règne-t-il pas sur ce comité ?

Deltrousse s'insurgea.

— C'est ce qu'il espère, mais il n'y parviendra pas ! Sans mon appui et celui de Bendof, il n'imposera pas ses vues, quelles qu'elles soient. Ce milliardaire oublie que la France demeure une grande puissance et que les États-Unis sont un colosse aux pieds d'argile. Si compétent soit-il, il n'est qu'un expert parmi d'autres.

— Si je ne m'abuse, le comité ne compte qu'une experte, Indira Shupatavi ?

— Une experte en délires ! Belle liste de diplômes et grande réserve quand il s'agit de rédiger un rapport pour conserver son poste, mais en privé, une folle à enfermer ! Elle conteste le principe même de la vaccination et le génie de Pasteur. Si elle n'était pas la représentante de l'Inde, jamais elle n'aurait été imposée à notre comité. Les romanciers ont inventé le personnage du savant fou… Celle-là, c'est vraiment la savante folle !

— La routine policière m'oblige à vous poser une question à laquelle vous répondrez aisément, professeur : le dimanche 2 février, à vingt et une heures seize, où vous trouviez-vous ?

L'ange qui passa eut du mal à battre des ailes.

— La routine policière… Vous me prenez pour un idiot ?

— Loin de moi cette idée.

— Vous me suspectez du meurtre de ce Donald Dyck et vous me réclamez un alibi ?

— De bien grands mots pour une simple incertitude, facile à dissiper.

Pierre Deltrousse adopta une stature digne d'un empereur romain.

— Si je vous affirme que je suis innocent, ma parole vous suffira-t-elle ?

— Autrefois, la parole donnée avait une valeur sacrée. De nos jours, même un assassin a le droit de mentir.

— Vous… vous m'accusez ?

— Nullement. Ce n'était qu'une remarque.

Le professeur se mit à marcher de long en large.

— Un scientifique a le don de l'observation. Tant que je ne vous aurai pas répondu, vous ne me lâcherez pas. Alors, réglons le problème : dimanche dernier, à vingt et une heures seize, à l'évidence l'heure du crime, je passais la soirée en compagnie d'une dame. Ce n'est pas encore un délit.

— Serait-il indiscret de vous demander son nom ?

— Absolument.

— Pour quelle raison ?

— Le respect de la vie privée. J'y ajouterai le respect dû à une personne de qualité.

— C'est tout à votre honneur, professeur. Je souhaiterais néanmoins davantage de précisions.

— Impossible.

— Je comprends votre point de vue. Comprenez le mien.

— Tout ce que je peux vous dire, c'est que cette femme est mariée à un diplomate français, lequel n'est pas au courant de nos rencontres.

— Refusez-vous de me donner son nom ?

— Je refuse.

Visage fermé, Pierre Deltrousse reprit place derrière son bureau.

— À vos yeux, cette justification n'a aucune valeur.

— Disons qu'elle laisse planer un doute.

— Moi, un assassin ? C'est ridicule !

À la fois paisible et déterminé, le regard de Higgins troubla l'expert, qui se sentit traqué. Il existait un moyen de se sortir de cette nasse. Puisqu'il était acculé, autant s'en servir.

— Avez-vous déjà interrogé Ling Mao ?

Higgins hocha la tête.

— A-t-il un alibi en béton ?

— Secret professionnel.

— Jouons franc jeu, inspecteur ! Échangeons nos informations. J'en possède une qui pourrait vous intéresser au plus haut point. Je ne vous la communiquerai qu'à une condition : apprendre ce que vous a déclaré le Chinois.

Higgins joua le jeu.

— Au moment du crime, Ling Mao se trouvait dans son appartement de Soho. Son garde du corps en témoigne.

— Ils mentent tous les deux ! Moi, j'ai la preuve du contraire.

Le Français sortit un smartphone de sa poche.

— Notre téléphone d'alerte. Un petit bijou d'informatique. Chaque membre du comité en possède un. Avant l'expertise de samedi dernier, nous avons tous déposé le nôtre dans le bureau de Wiltshire. Alors que mes collègues commençaient leur visite, j'ai invoqué un besoin pressant et j'en ai profité pour introduire un mouchard dans le smartphone de Ling, de manière à pouvoir le localiser en permanence.

— Quelle utilité ?

— Découvrir ses contacts à Londres, dans les milieux officiels. Il s'est moqué de la France, et a ramené le niveau de sécurité de Wuhan de P4 à P2 par je ne sais quelle magouille. Il ne s'arrêtera pas en si bon chemin. Je n'ai qu'une envic : le coincer.

— Des résultats intéressants ?

— Pas en ce qui me concerne directement, mais pour votre enquête, une superbe preuve du mensonge de Ling Mao. Voici l'endroit où il se trouvait à l'heure du crime.

Higgins regarda l'écran du smartphone.

— 29 —

Alors que la voiture de Scotland Yard emmenait Higgins vers l'un des tentacules septentrionaux de la pieuvre londonienne, le téléphone sonna.

Le chauffeur décrocha.

— … Oui, l'inspecteur est à bord. Je vous le passe.

La voix du patron du MI5. Inutile de lui demander comment il avait obtenu ce numéro.

— Avez-vous progressé, inspecteur ?

— J'ai recueilli des éléments intéressants.

— Un scénario se dessine-t-il ?

— Pas encore.

— Je crains que nous ne disposions pas de la fameuse quatorzaine. L'ambassade de Chine commence à ruer dans les brancards. Elle s'estime capable de rapatrier Ling Mao en avion sanitaire. Je fais pression sur les politiciens pour retarder l'échéance, mais ils ne tarderont pas à céder.

— Pas d'autres revendications ?

— L'Américain prend des vacances dans sa somptueuse propriété, et les autres se tiennent tranquilles. Avez-vous fait le tour complet ?

— Il reste à m'entretenir avec Indira Shupatavi.

— Quand vous en aurez terminé avec elle, allez à l'aéroport d'Heathrow. Nous tenons au chaud l'amant russe de William Wiltshire, sous prétexte que son passeport nous paraît douteux. Vous en tirerez peut-être quelque chose. Surtout, ne traînez pas en chemin.

★

Premier document que contenait le dossier de l'Indienne : la photo d'une jeune femme à la beauté renversante. À supposer qu'il eût encore existé des ascètes qui respectassent strictement le vœu de chasteté, il aurait mieux valu ne pas leur montrer ce corps sublime, moulé dans un sari multicolore, et ce visage d'une extraordinaire finesse au sourire enchanteur.

À trente ans, Indira Shupatavi éclipsait beaucoup de top-modèles et la quasi-totalité des actrices hollywoodiennes, pour lesquelles l'intelligence artificielle était indispensable.

La beauté ne constituait pas le seul atout de la jeune femme. Une surdouée en sciences qui, dès l'âge de onze ans, avait attiré l'attention de ses professeurs. Brillantes études en Inde, en Angleterre et aux États-Unis, liste impressionnante de diplômes et grade de professeure de biologie. Pas du tout le profil d'une excentrique.

Vu le nombre de P4 construits dans le monde ces dernières années, les institutions internationales, qui prenaient en considération la montée de la puissance indienne, avaient presque naturellement appelé Indira

Shupatavi à faire partie du comité d'experts chargé de veiller sur la sécurité de ces laboratoires de pointe.

Célibataire, pas de liaison durable connue.

★

Indira Shupatavi avait choisi de se confiner au centre culturel hindou, situé dans la banlieue nord de la capitale, dans un quartier à si forte proportion d'immigrés que la rue, assez large, avait été baptisée Oriental Street. Beaucoup de petits commerces, des immeubles pauvrets.

Dès qu'il eut trouvé une place pour se garer, le chauffeur transmit sa position au superintendant Marlow. Le froid s'accentuait, le ciel était sombre.

Au rez-de-chaussée du centre culturel, une boutique. Higgins s'arrêta devant la vitrine. Étaient exposés des saris, de petites tables, des bols, des livres en sanskrit et des statuettes de divinités hindoues, dont celle de Ganesh, l'éléphant assis sur son derrière, la trompe levée, incarnation de l'intelligence. Des couleurs vives égayaient l'ensemble.

L'ex-inspecteur-chef poussa la porte. Un vieil Indien, vêtu d'un pull marron et d'un pantalon noir, s'inclina pour le saluer. Higgins l'imita.

— Désirez-vous quelque chose de précis, monsieur ?

— Je souhaite rencontrer Mme Shupatavi.

— Désolé, elle ne reçoit personne pour le moment.

— Je suis au courant, mais ma visite est un peu particulière. Pourriez-vous lui annoncer l'inspecteur Higgins, de Scotland Yard ?

Le commerçant ne parut pas ravi. Néanmoins, il disparut à pas pressés.

L'atmosphère du magasin rappela à Higgins l'un de ses séjours en Inde, un univers riche et complexe, aujourd'hui accablé de mille maux à cause de la surpopulation et des querelles religieuses entre musulmans et hindous. La non-violence de Gandhi n'avait été qu'une stratégie passagère.

Le marchand réapparut.

— La professeure vous attend. Montez l'escalier, sur votre gauche.

Une quinzaine de marches, un palier, une porte ouverte sur un espace rectangulaire qu'éclairaient des lucarnes ovales.

Higgins avait rarement vu une telle accumulation d'objets : statues anciennes et modernes, stèles, tableaux figurant des cérémonies, dont la fameuse purification dans le Gange, boiseries sculptées, objets rituels... Une véritable salle de musée consacrée à l'hindouisme.

Le silence régnait. Une odeur d'encens flottait dans l'air.

— Avancez jusqu'au fond, recommanda une voix suave.

Higgins se faufila entre les pièces exposées et aperçut un monde très différent de celui qu'il venait de traverser.

À l'extrémité de cette caverne aux trésors, un bureau des plus contemporains : équipement informatique, sièges ergonomiques, étagères surchargées de dossiers. Un tableau noir couvert de formules mathématiques.

Ses longs cheveux dénoués, un chemisier blanc et presque transparent, un pantalon mauve s'arrêtant aux mollets, les pieds nus, Indira Shupatavi était encore plus belle que sur la photo.

— 30 —

— La police ici ? s'étonna l'Indienne. Quel est le motif de votre visite, inspecteur Higgins ?

— Avant de vous répondre, je m'en remets à vous pour régler un problème délicat : dois-je vous appeler Mme le professeur ou Mme la professeure ?

Le sourire d'Indira Shupatavi ajouta à son charme.

— Les femmes étant trop souvent maltraitées en Inde et en Occident, choisissons la solution féminine, d'autant qu'elle exaspère mes collègues masculins du comité d'experts. Mais je ne me vexerai pas si vous utilisez simplement mon nom. Les titres ronflants me laissent indifférente.

— Ne devrions-nous pas porter des masques ?

— Cet endroit est parfaitement sain, l'encens le purifie. Les examens médicaux n'ont décelé chez moi aucune contamination d'aucun ordre et, puisque vous vous tenez à bonne distance, ni vous ni moi ne risquons rien. De plus, je ne crois guère à cette histoire de panne dans le système de refroidissement du P4 du pays de Galles.

— Pourquoi ce scepticisme ?

— Parce que le professeur Titanov est un spécialiste de cette question et aurait décelé un défaut.

— L'incident ne se serait-il pas produit brutalement ?

— Probabilité quasi nulle.

— En ce cas, il s'agirait d'un leurre... Mais pour quelle raison ?

— Nous retenir en Angleterre, en invoquant un prétexte sanitaire. Mon intuition me dit que la raison, vous la connaissez, et que vous allez me l'apprendre.

Les deux interlocuteurs prirent la mesure l'un de l'autre. L'Indienne sentit que ce policier élégant et courtois était un redoutable enquêteur. Higgins, lui, constata que la magie et la beauté de cette jeune femme dissimulaient un caractère d'une rare fermeté. Sous la douceur de la voix, dépourvue de toute agressivité, un tempérament de feu. Jouer au plus fin avec elle ne serait pas aisé.

— Donald Dyck a été assassiné, révéla-t-il. Je cherche à identifier l'assassin.

— Un chercheur du P4 dirigé par William Wiltshire... Excellent dossier.

Pas un instant Indira Shupatavi n'avait essayé d'enjoliver sa situation, comme si elle savait que Higgins savait, à propos du P4.

— Avez-vous eu l'occasion de parler avec lui ?

— Non, inspecteur. Je l'ai croisé, vendredi dernier, comme les autres employés du laboratoire. Samedi, nous avons procédé à une inspection approfondie en compagnie du seul Wiltshire. Et dimanche soir, aux alentours de vingt-trois heures, j'ai reçu une « alerte contamination » sur le portable spécial que nous possédons tous. Principe de précaution oblige, me voilà confinée.

— J'ai peut-être tort, mais il me semble que vous n'accordez qu'une confiance limitée au professeur Wiltshire.

— Pas de confiance du tout ! Un arriviste comme il y en a tant dans mon domaine. Occuper un poste de haute responsabilité favorise sa carrière. Après ce P4, il intégrera probablement le ministère de la Santé.

L'Indienne regarda sa montre suisse, une petite merveille sertie de diamants.

— Midi passé… J'ai une petite faim. Si nous discutions autour d'une collation ?

Sans attendre l'acquiescement de Higgins, elle poussa une porte dérobée qui s'ouvrit sur un salon voué au rouge. Murs, moquette, canapé, table, chaises, commode : tout était de la même couleur.

— Asseyez-vous, j'appelle Mudri, qui nous apportera un plat. Quelle sorte de thé désirez-vous ?

— Ce n'est pas l'heure idéale, objecta Higgins.

— Nous n'en sommes pas au tea time, vous avez raison. Un bourgogne léger vous conviendra-t-il ?

— Certainement. Mudri est-il votre cuisinier ?

— C'est l'homme à tout faire du centre culturel. Il tient la boutique, organise les cérémonies, accueille les exilés. Je suppose que mes chers collègues m'ont dépeinte comme une folle aux théories déjantées ?

— C'est exact, professeure.

Les yeux de l'Indienne pétillèrent.

— Dès l'âge de quinze ans, j'ai eu une certitude : pas de pire nid de vipères que le monde de la science et de la médecine. Rivalités, coups bas, carriérisme, mensonges, publications trafiquées, tyrannie des laboratoires, recherches orientées, conformisme de la pensée. De temps à autre, un scandale éclate. Une grande revue, comparée à la Bible, publie n'importe quoi, et des médicaments agréés tuent des centaines de malades. Une petite indignation médiatique, et le voile retombe.

— J'ai cru comprendre que vous n'étiez pas en faveur du vaccin universel, l'objectif principal de plusieurs P4, dont celui du pays de Galles ?

— La vaccination, comme l'avait pressenti Pasteur, un remarquable homme d'affaires, est surtout une question d'argent. Si Bill Gates s'y intéresse autant, la philanthropie n'est pas son moteur absolu. Un requin reste un requin. Heureusement abandonné en Occident, le BCG, qui a causé tant de dégâts, prouve maintenant sa nocivité en Afrique. Par bonheur, on n'a pas osé commercialiser un vaccin anti-sida, tellement les expérimentations ont été négatives. Savez-vous que l'on a abandonné la fabrication d'un vaccin contre la dengue, en raison des conséquences dites « secondaires » ? Quant à celui contre la grippe, combien de médecins le déconseillent au vu des résultats ? Polluer le système immunitaire est une folie, mais une folie très rentable. La vaccination à outrance provoquera, à long terme, des maladies qu'il faudra bien soigner avec de nouveaux médicaments.

— De telles opinions ne vous valent-elles pas de graves ennuis ?

— Rassurez-vous, aucune revue autorisée ne publiera une étude sur ces sujets, même fondée et argumentée ! Le lobby pro-vaccin est trop puissant. Je ne m'exprime qu'en privé.

— Pourquoi avoir accepté d'entrer dans un comité d'experts hostile à vos idées ?

— À cause de la prolifération des P4, un risque majeur. À l'intérieur du système, je peux au moins lutter, si peu que ce soit, contre leur dangerosité. Si je remarque une anomalie, je la signale, en termes objectifs et incontestables. Mes honorables collègues sont obligés de tenir compte de mes rapports, rédigés dans le jargon convenable et selon les normes admises. En Inde, je me bats autrement, en tentant de répandre le premier et le plus fondamental des actes médicaux : l'hygiène. C'est pourquoi j'implante des savonneries, à grand-peine, dans plusieurs provinces. Se laver les mains plusieurs fois par jour sauve des vies. Et je me bagarre aussi, sans grand succès, contre le propagateur de virus en plein développement : l'air conditionné. À l'occasion de la pandémie de Covid-19, quelques voix se sont élevées, vite étouffées. Une industrie mondialisée et trop florissante pour être contestée par l'OMS, qui a d'autres chats à fouetter.

— Vous êtes courageuse, professeure. Ne craignez-vous pas pour votre sécurité ?

— Les lettres de menaces et les injures sur la Toile finissent à la corbeille. Mieux vaut mourir que de mentir.

Mudri apporta le déjeuner : des boulettes au risotto et aux quatre poivres, le noir au goût prononcé, le rouge fruité, le blanc à l'arôme spécifique et le vert rafraîchissant. Du thé au jasmin pour l'Indienne, du bourgogne pour Higgins.

Il s'inclina et se retira.

— Si vous précisiez le lieu, le jour et l'heure du crime, inspecteur, et si vous me demandiez un alibi ?

— 31 —

— Donald Dyck a été assassiné le dimanche 2 février à vingt et une heures seize, indiqua Higgins.

— À quel endroit ?

L'ex-inspecteur-chef se contenta d'admirer le visage envoûtant de l'Indienne.

— *Primo*, j'ignore où il habitait. *Secundo*, à cette date et à cette heure-là, je me trouvais très exactement ici, dans ce salon, et je me livrais à une activité indispensable : le yoga. Comme tous les soirs, d'ailleurs, entre vingt et une heures et vingt-deux heures. L'une des meilleures pratiques pour préserver sa santé. Certaines postures, cependant, requièrent une assez longue expérience.

Avec une grâce qui imprégnait tous ses gestes, Indira Shupatavi exécuta la figure dite vulgairement « du poirier » : reposant sur sa tête, bras collés au corps, jambes droites, pieds tendus, complètement immobile, respirant à peine. La perfection dans une attitude qui n'était pas à la portée du premier yogi venu, et qu'elle tint pendant plusieurs minutes, avant de retrouver sa position initiale.

— Remarquable, concéda Higgins, qui avait apprécié le spectacle.

— Question complémentaire : « Étiez-vous seule ? » Réponse : « Comme d'habitude. Je n'aime pas le yoga en groupe. » Question subsidiaire : « Avez-vous un amant attitré ? » Réponse : « Non, et aucun à l'heure actuelle. » J'ajoute que je déteste les jeunes machos qui se croient tout permis et traitent les femmes comme des objets. Je préfère les hommes d'un certain âge, polis, soignés, élégants, cultivés et, si possible, intelligents.

— Le professeur John Fitmore, par exemple ?

L'Indienne eut un regard indécis.

— Un exemple parmi d'autres, auquel je n'avais pas songé. Je crains qu'une éventuelle union ne soit guère durable. Fitmore n'a qu'un amour : lui-même. La grande classe, certes, mais sous l'apparence typiquement bostonienne, compassée et distante, la dureté de l'acier. Qui s'oppose frontalement à lui risque d'être découpé en morceaux. Comme mes idées lui semblent délirantes, je n'aurais d'autre choix que d'y renoncer et de me comporter en épouse soumise. Un rôle pour lequel je ne suis pas douée.

— Ne tracez-vous pas le portrait… d'un tueur ?

L'Indienne but un peu de thé.

— Vous grossissez le trait, inspecteur ! Le prestige et l'autorité de John Fitmore sont si vastes qu'il n'aurait pu se sentir menacé d'aucune façon par un simple chercheur comme Donald Dyck. Il lui suffisait de briser sa carrière de manière plus ou moins indirecte.

— En diriez-vous autant de Ling Mao ?

Le visage de la jeune femme changea d'expression. De la colère ternit la suavité de sa voix.

— Les Occidentaux lèchent les pieds d'un des pires tyrans de l'Histoire, le bon président à vie Xi, digne successeur du boucher Mao. Tout ça pour décrocher des marchés et se faire rouler, comme les Français avec le P4 de Wuhan. On veut croire que le parti communiste n'existe plus, alors qu'il n'a jamais été si puissant ! Ling Mao est un fidèle représentant de ce régime abominable. Il se montre impitoyable quand il inspecte des P4, mais s'oppose à toute investigation en Chine. Comptons sur lui pour étouffer la vérité à propos de l'incident de Wuhan.

— À ce propos, votre avis d'experte ?

— Au minimum, une imprudence. Peut-être une erreur de manipulation due à un laborantin inexpérimenté. Je n'ose imaginer une machination criminelle.

— Dois-je conclure que vos rapports avec le docteur Ling sont exécrables ?

— Même pas, inspecteur ! Pour les Chinois, les Indiens sont des créatures inférieures, juste bonnes à servir de clients pour acheter leurs produits. En plus, je suis une femme ! Selon Ling Mao, quantité négligeable.

— Donald Dyck aurait-il pu le gêner ?

— Je ne vois pas comment. Que pensez-vous de ces boulettes au risotto et aux quatre poivres ?

— Succulentes.

— Le vin vous convient-il ?

— Fruité et revigorant.

— Avez-vous visité l'Inde ?

— J'y ai séjourné, dans ma jeunesse.

— Pratiqueriez-vous le yoga ?

— À ma façon. Mais je suis incapable de vous égaler.

La jeune femme devint rêveuse.

— L'Inde devrait être le plus beau pays du monde… Hélas, tant de fanatisme religieux et de misère ! Où résider, aujourd'hui, pour vivre en paix ? Les populations n'ont aucune conscience de la dangerosité des P4. Le Covid-19 n'a pas suffi à les réveiller. On s'est affolé à cause de l'épidémie, sans remettre en cause la science, cette nouvelle divinité intouchable, qui nous entraîne vers l'abîme.

— Tel n'est pas l'avis du professeur Pierre Deltrousse, semble-t-il.

— L'homme de l'industrie pharmaceutique par excellence ! Tout ce qui n'est pas chimique doit être éradiqué. Il manipule un collectif de médecins visant à bannir l'homéopathie, la phytothérapie, l'acupuncture et les médecines traditionnelles qui ont le tort de prendre des parts de marché, si minimes soient-elles. Son grand ami, Derek Bendof, l'approuve complètement. À eux deux, ils affirment la suprématie scientifique de l'Europe, avec un mépris souverain, sans se rendre compte que leur continent est pourri et rongé par des forces destructrices, dont il est interdit de parler.

— Donald Dyck aurait-il eu le tort de s'exprimer à ce sujet ?

— Je l'ignore, inspecteur, mais le couple franco-allemand planait tellement au-dessus d'un obscur chercheur qu'il n'a même pas dû l'apercevoir ! Par moments, j'ai envie de quitter ce milieu et de me réfugier sur une île déserte. Hélas, soit elle sera colonisée par les Chinois, soit on y installera un P4. Alors, à quoi bon ?

— Vos relations avec le professeur Titanov étaient-elles meilleures qu'avec les autres experts ?

Le sourire enchanteur ressuscita.

— On ne se déteste pas. Hyper-doué, comédien dans l'âme, Ivan est un peu fou, mais c'est le plus futé d'entre nous. Il a des fulgurances qui stupéfient Deltrousse et Bendof, lesquels s'acharnent à vérifier ses intuitions et sont obligés de s'incliner, à leur grand désappointement.

— Entre l'Angleterre et la Russie, ce n'est pas l'entente cordiale.

— La victime, un chercheur anglais ; l'assassin, un professeur russe : voilà ce que vous sous-entendez. Si vous avez raison, n'espérez pas coincer Ivan Titanov. Il est trop malin.

— Souhaitons que le coupable ait commis au moins une erreur.

Indira Shupatavi contempla Higgins.

— Vous êtes redoutable, inspecteur. Je suis certaine que vous ne lâchez jamais prise.

— Je suis amoureux de la vérité.

— Le plus noble des amours, mais tellement exigeant ! Vous ai-je été utile ?

— Soyez remerciée de votre accueil.

*

Alors que Higgins s'apprêtait à sortir de la boutique, Mudri le rattrapa.

— Inspecteur, une seconde ! Aujourd'hui, vous n'avez pas eu le temps d'admirer les merveilles qui sont en vente. Je suis sûr que vous reviendrez et que vous trouverez un objet qui vous plaira. Je suis ouvert tous les jours. Voici ma carte.

— C'est fort aimable. Bonne journée, monsieur Mudri.

— 32 —

En route vers l'aéroport d'Heathrow, Higgins se livra à plusieurs réflexions, sans tirer de conclusions hâtives.

Aucun des experts n'avait d'alibi solide et vérifiable. Seul le professeur Ling Mao présentait un témoin qui n'en était pas un, mais suffirait à un avocat pour proclamer l'innocence absolue du Chinois.

Pas un seul suspect n'avait envisagé, de façon claire et plausible, l'hypothèse d'un vol programmé d'agents pathogènes, comme si le forfait d'un savant fou et ô combien dangereux devait rester sous le tapis. En revanche, l'emploi du temps du vendredi et du samedi, au P4 du pays de Galles, était décrit par tous de façon identique. Même concordance des déclarations concernant l'alarme du dimanche, vers vingt-trois heures.

Un élément nouveau, et peut-être capital : grâce au mouchard que le professeur Deltrousse avait introduit dans le smartphone de Ling Mao, ce dernier avait été localisé à l'heure du crime. Le Français rendait ainsi un fier service à l'enquête. Car le dimanche 2 février, à vingt et une heures seize, le professeur chinois se trouvait très précisément en face du centre culturel hindou.

★

Higgins pénétra dans le secteur de rétention de l'aéroport où, pour de multiples raisons, la police détenait des passagers suspectés de délits allant du terrorisme à l'importation illégale de petits crocodiles.

Dimitri Chostakovitch occupait une cellule plutôt confortable, avec un cabinet de toilette et une télévision.

Une vingtaine d'années, blondinet, élancé. Il se leva brusquement, comme un diable jaillissant de sa boîte.

— Ça y est, je suis libre ?

— Il reste quelques formalités à remplir, dit Higgins, apaisant ; si vous coopérez, nous vous rendrons votre passeport et vous regagnerez votre pays.

— Qu'est-ce qu'il a, mon passeport ?

— Cela dépend de vous.

La réponse désarçonna le jeune homme.

— Qu'est-ce qui se passe ?... On m'accuse de quoi ?

— Vous êtes malheureusement mêlé, probablement à votre insu, à une affaire criminelle. Je suis ici pour éclaircir votre situation.

— Je n'ai rien fait, je suis innocent, je veux rentrer chez moi !

Le Russe avait une voix aussi insupportable que la musique du compositeur qui était son homonyme, mais Higgins passa sur ce détail.

— Je n'ai qu'un but : obtenir des explications qui vous disculperont et vous rendront votre liberté.

Le ton et l'allure de ce policier rassurèrent le jeune homme, qui s'assit sur son lit.

— Si vous acceptez de tout me dire, poursuivit Higgins, cette rétention ne sera bientôt plus qu'un mauvais souvenir.

— Vous... vous croyez ?

— J'en suis sûr, et je compte sur votre sincérité.

Le Russe croisa les doigts.

— D'accord... Mais je ne connais même pas votre nom !

— Inspecteur Higgins, Scotland Yard.

— Vous... vous avez parlé d'une « affaire criminelle » ?

— Avez-vous fréquenté Donald Dyck ?

Chostakovitch écarquilla les yeux.

— Non... je vous jure que non !

— Et William Wiltshire ?

Cette fois, il les baissa.

— Quand vous êtes-vous rencontrés ?

— L'année dernière, lors d'un gala de charité. J'ai chanté un lied de Hugo Wolf et dansé une scène du *Lac des cygnes* de Tchaïkovski, mon compositeur préféré, qui s'est suicidé parce que les autorités avaient découvert son homosexualité. Quelle époque horrible ! William m'a remarqué, on a flashé, et ce fut le début d'une jolie histoire d'amour.

— Assez brève, semble-t-il.

— C'est sa faute ! L'argent... il n'y avait que l'argent ! Moi, je ne fonctionne qu'aux sentiments.

— Une rupture récente ?

— Le 4 février au matin, je l'ai appelé pour lui apprendre que j'en avais assez. Lui s'est plaint de soucis professionnels, et je l'ai traité d'incapable. J'étais presque méchant, mais la déception explique mon agressivité. J'ai pris une journée pour résilier mes contrats à Londres et acheté un billet d'avion pour Moscou.

— Ce n'est pas bien, monsieur Chostakovitch.

Le jeune homme s'insurgea.

— Vous condamnez ma liaison avec un grand scientifique anglais ?

— Ce qui n'est pas bien, c'est de mentir. Vous m'aviez promis d'être sincère et vous omettez l'essentiel. Désolé de ne pouvoir vous aider.

Higgins se dirigea vers la porte de la cellule.

— Attendez, attendez ! Si je vous dis vraiment tout, vous me libérez ?

L'ex-inspecteur-chef se retourna.

— À la condition que vous n'ayez pas tué Donald Dyck.

— Moi, tuer quelqu'un ? Ce type-là, j'ignore qui il est !

— En ce cas, repartons sur de bonnes bases. Votre coup de foudre avec William Wiltshire était-il fortuit ?

Le jeune homme se mordilla les lèvres.

— Pas tout à fait.

Confesseur-né, Higgins lui laissa le temps de reprendre ses esprits, de peser le pour et le contre en faveur d'une libération et de choisir ses mots.

— Quelqu'un m'a proposé dix mille livres pour séduire Wiltshire. À fonds perdu.

— Ce quelqu'un, qui est-ce ?

— Je l'ignore. Un coup de téléphone. J'ai cru à une blague. Le lendemain matin, dans ma boîte aux lettres une enveloppe contenant dix mille livres et un mot sorti d'une imprimante : « Remplis ton contrat. Bientôt, tu auras le double pour une autre mission. » J'ai eu de la chance. Avec Wiltshire, ça a marché. Il ne me plaisait qu'à moitié, mais la vie c'est la vie.

— Et cette autre mission ?

— Encore plus simple que la première ! En échange de vingt mille livres, je devais remettre à William une valise sans chercher à l'ouvrir, et je m'en suis bien gardé. L'argent et la valise avaient été déposés dans mon appartement, avec des instructions : après la livraison, rupture et retour à Moscou, cette petite fortune en poche. Vous voyez, je n'ai rien fait de mal !

— Vous ne me cachez rien ?

— Rien de rien !

— Et vous n'avez aucune idée de l'identité de votre commanditaire ?

— Aucune !

Bien entendu, l'entretien avait été enregistré, et une imprimante produisait déjà l'intégralité des propos de Chostakovitch sur papier.

— Il ne vous reste qu'à signer votre déposition, annonça Higgins. On vous rendra votre passeport et vous prendrez le premier vol pour Moscou.

— 33 —

— Le superintendant Marlow vient d'appeler, dit le chauffeur à Higgins. Deux inspecteurs ont conduit à son bureau le professeur Ivan Titanov qui veut vous parler de toute urgence.

Sous une pluie battante, le trajet fut assez long. Plusieurs accidents ralentirent la circulation. Quand la voiture pénétra dans le parking de New Scotland Yard, la nuit tombait.

Un ascenseur amena Higgins à l'étage où se trouvait le bureau de Scott Marlow. En face du superintendant, prostré sur une chaise, le géant russe se tenait la tête dans les mains.

— Me voici, professeur.

— Ah, inspecteur ! s'exclama le Russe en se relevant, comme un ours qui se déplie et se dresse en imposant sa masse. Ivan est désespéré. Sa conscience est trop lourde. Il doit la soulager. D'abord, votre pardon !

— Pas s'il s'agit d'un crime.

— Ivan n'a tué personne… Mais il a un peu menti.

— Péché avoué est à moitié pardonné.

— C'est déjà ça, apprécia le Russe en se rasseyant. En réalité, j'ai agi pour la bonne cause. Les Chinois veulent tout dévorer, la Russie et votre P4 du pays de Galles compris. Mon collègue Ling a eu une attitude bizarre lors de l'inspection. Intrigué, j'ai décidé de l'épier, dimanche. Je me suis mis en planque près de son domicile. Vers vingt heures, il en est sorti pour monter dans un taxi. Avec une de mes voitures, je l'ai suivi. Son taxi s'est arrêté près d'une station de métro, Ling Mao en a jailli et a dévalé les marches.

— En termes techniques, observa Higgins, une rupture de filature.

— Honte à Ivan ! J'aurais dû prévoir le coup. Une erreur de débutant. Où est-il allé, ce Chinois ? En tout cas, il n'était sans doute pas chez lui à l'heure du crime.

— Vous non plus, fit remarquer Higgins.

— Ah moi, si ! Humilié, je suis rentré au garage et j'ai vidé une bouteille de gin. Pauvre Ivan… À se demander s'il sert encore à quelque chose. Au moins, sa conscience est soulagée.

★

Quand le professeur Titanov, voûté, sortit du bureau de Marlow, Higgins nota sur son carnet que son récit confirmait la révélation de Pierre Deltrousse. Grâce à ce dernier, la destination du Chinois, qui avait échappé à son suiveur, était connue.

À la place d'un agent secret, l'ex-inspecteur-chef aurait commencé à se forger une opinion, à partir d'éléments convergents : un scientifique russe plus ou moins espion, une arme du crime d'origine russe, l'amant russe de Wiltshire... De quoi nourrir les médias et les réseaux sociaux pendant un bon moment, avec Ivan Titanov comme cible principale. Nouveau scandale russe en perspective.

Higgins avait d'autres soucis. Maintenant, il lui fallait trancher dans le vif. Pour y parvenir avec un maximum d'efficacité, il avait besoin du concours de Marlow.

Le téléphone d'urgence du superintendant sonna. Il décrocha.

— Marlow. Professeur Derek Bendof... Vous voulez joindre l'inspecteur Higgins ? Vous avez de la chance, il est dans mon bureau. Je vous le passe.

— J'ai une déclaration à faire, annonça l'Allemand.

— Je vous écoute, dit l'ex-inspecteur-chef.

— Depuis notre rencontre, j'ai entrepris une recherche de manière scientifique, principalement fondée sur des modèles mathématiques et statistiques. En raison d'un protocole très strict, je vous annonce que j'ai obtenu un résultat que j'estime fiable à 95 %. Votre enquête est terminée.

— Ce résultat...

— Le nom de l'assassin qui a tué Donald Dyck. Avec l'infime marge d'erreur que j'ai signalée, il s'agit, n'en doutez pas, de l'Indienne Indira Shupatavi. Un esprit dérangé, capable de n'importe quelle folie dans un moment de démence. Son mobile : éliminer un chercheur qui participait à l'élaboration d'un vaccin universel, phobie de la meurtrière. Vous n'avez plus qu'à l'arrêter.

— Merci de votre collaboration, professeur.

— Sans la science, la police serait impuissante. En voici une nouvelle preuve.

L'Allemand raccrocha.

Scott Marlow, qui avait entendu la conversation grâce à un haut-parleur, était dubitatif. Quoique adepte des indispensables technologies qu'utilisait quotidiennement la police scientifique, il ne voyait pas de preuve formelle dans le discours de l'Allemand et se souvenait de la maxime de Churchill, si souvent mise en pratique par les politiciens : « Les seules statistiques auxquelles je crois sont celles que je fabrique moi-même. »

— William Wiltshire a-t-il bougé ? demanda Higgins.

— Non. L'équipe qui le surveille me l'aurait signalé. Il reste enfermé dans son hôtel particulier de Mayfair.

— Alors, nous avons une chance, mais il ne faut pas tarder. Pouvez-vous mettre à ma disposition une dizaine de collègues réputés pour leur habileté à fouiller une grande demeure ?

— Je rameute les meilleurs spécialistes.

La plupart étaient disponibles. Ceux qui travaillaient à l'extérieur revinrent dare-dare à Scotland Yard d'où partit une armada à destination du domicile de William Wiltshire.

— 34 —

En ouvrant la porte, le butler, qui contint sa surprise, découvrit une escouade dirigée par Higgins.

— Vous désirez, Messieurs ?

— Perquisitionner, répondit l'ex-inspecteur-chef.

— L'heure ne me paraît pas adéquate. De plus, M. Wiltshire est souffrant et alité. Je vous conseille de revenir demain.

— J'ai un mandat de la section antiterroriste de Scotland Yard et je vous conseille, moi, de libérer le passage, si vous désirez éviter de sérieux ennuis.

La capacité de résistance d'un butler, même expérimenté, avait des limites. Aussi s'écarta-t-il, laissant le flot des inspecteurs envahir l'hôtel particulier et commencer la fouille. Accompagné de l'un d'eux, le butler réveilla Wiltshire, qui enfila un peignoir. Visage fripé et démarche hésitante, il rejoignit Higgins qui examinait lui-même, avec des gants, la pièce de l'hôtel particulier consacrée à l'histoire des laboratoires dans le monde.

— Qu'est-ce qui vous prend, à Scotland Yard ? Sortez immédiatement de chez moi !

Higgins le dévisagea.

— Vous n'avez pas tué Donald Dyck, mais vous êtes coupable de complicité de crime contre l'humanité.

L'accusation ressemblait à un coup de massue. Wiltshire tenta de protester, mais aucun son ne sortit de sa bouche. Incapable de détacher son regard de ce policier qui, en quelques mots, avait enfoncé toutes ses défenses, il s'assit sur un tapis.

— Votre P4 était hautement sécurisé, rappela Higgins. Qui aurait pu voler des éprouvettes contenant de redoutables agents pathogènes ? Réponse : personne. En effet, aucun des experts n'a commis le moindre larcin. C'est vous qui avez remis ce dangereux trésor à l'un d'eux, en échange d'une forte somme d'argent. L'argent, qui guide votre existence. Vous êtes prêt à toutes les bassesses pour vous enrichir. Quand on vous a proposé cette transaction, vous n'avez pas hésité longtemps, vu l'énormité de la somme. Après tout, quelle importance si un stock de virus passait d'un laboratoire à un autre ? La catastrophe de Wuhan ne vous a pas beaucoup ému, et vous avez évacué l'hypothèse d'un acte criminel en vous satisfaisant d'une vision purement commerciale.

Comment cet inspecteur parvenait-il à décrypter les pensées qui s'entremêlaient dans son cerveau ? William Wiltshire eut le sentiment que Higgins le connaissait mieux que lui-même.

Retrouvant un semblant de dignité, le directeur du P4 du pays de Galles se releva et tenta de lutter.

— Vous n'avez aucune preuve.

— Nous sommes ici pour en trouver une.

— Laquelle ?

— La valise que vous a remise Dimitri Chostakovitch avant de rompre et de disparaître.

— Un produit de votre imagination !

— Si c'est le cas, vous serez hors de cause, et je vous présenterai des excuses. Mais vous n'avez pas eu le temps de vous dédouaner, et je suis convaincu que cette perquisition sera fructueuse.

— Je vais attendre dans ma chambre, décida Wiltshire, décomposé.

*

— J'ai déniché cette valise à la cave, dit un inspecteur à Higgins. Elle était dissimulée sous une pile de caisses en plastique. Il y a un système de codage.

— Faites venir M. Wiltshire.

Le scientifique semblait mal en point. Pâleur anormale et yeux vitreux.

— Deux solutions, annonça Higgins : soit vous nous donnez le code, soit nous forçons les serrures.

Wiltshire avala sa salive.

— Un, sept, trois, huit.

— Ouvrez vous-même.

D'une main tremblante, l'Anglais s'exécuta.

— Soulevez le couvercle.

Apparurent des liasses de livres sterling usagées. Une véritable fortune.

William Wiltshire était au bord des larmes.

— J'aurais démissionné et je me serais installé dans une île du Pacifique, avoua-t-il.

— C'est bien votre amant russe qui a apporté ce pactole ?

— Oui.

— Et c'est bien à l'un des experts que vous avez donné les produits pathogènes en échange de ce pactole ?

— Oui.

— Son nom, monsieur Wiltshire ?

Le scientifique se renferma.

— Si vous parlez, un bon avocat atténuera votre responsabilité. Pourtant, c'est bien vous qu'une taupe du MI5 a alerté pour signaler que Donald Dyck n'était pas seulement un laborantin, mais aussi un agent chargé de vous surveiller. Et vous, vous l'avez appris à l'individu qui vous promettait la fortune si vous lui accordiez satisfaction. Ce personnage est à la fois votre bienfaiteur et un assassin. Ai-je raison ?

— Oui.

— Qui est-ce, monsieur Wiltshire ?

— Si je vous le disais, il me tuerait. En me taisant, et il le saura, je sauve ma peau. Quelques années de prison, et ce n'est même pas sûr ! On m'a manipulé, je suis une victime. À partir de maintenant, je ne répondrai plus à aucune question.

— 35 —

Higgins n'eut pas le temps de souffler. À peine eut-il convoqué William Wiltshire à Scotland Yard, où Marlow lui avait signifié son arrestation pour acte terroriste et complicité de crime, que le superintendant reçut un appel concernant l'ex-inspecteur-chef.

— Le chauffeur de Thorney Millbank vous attend.

— Mettez Wiltshire au chaud, recommanda Higgins, qui s'attendait à un rendez-vous imminent avec le patron du MI5.

— Rassurez-vous, il sera sous haute protection.

⋆

La Rolls emmena Higgins dans un club très fermé situé non loin du British Museum. Un immeuble ancien, bien entretenu, et une porte verte équipée d'un œil et d'un digicode. Le chauffeur appuya sur plusieurs touches, observé par une caméra.

La porte s'ouvrit. Un policier invita Higgins à entrer.

— Je patiente, inspecteur, et je vous raccompagnerai à votre hôtel.

Ce club non répertorié n'accueillait que de hauts fonctionnaires, inconnus du grand public, et liés à la sécurité intérieure du royaume. Le policier conduisit Higgins à un salon douillet où Millbank, assis dans un fauteuil de cuir vert, lisait un dossier. Sur un guéridon, un flacon de cristal et deux verres.

— Heureux de vous revoir, inspecteur. Je vous sers un whisky ?

— Volontiers.

— Vous avez travaillé d'arrache-pied, félicitations. Je tenais à faire le point dans un endroit discret, car ma propre enquête ne tardera pas à aboutir, et je dois éviter toute fuite qui alerterait la taupe. L'arrestation de Wiltshire est-elle une manœuvre habile de votre part ou a-t-il vraiment commis une faute grave ?

— Wiltshire a été acheté. C'est lui qui a donné des substances pathogènes à l'assassin, qu'il a informé de la mission de Donald Dyck, après avoir été contacté par votre taupe.

— Wiltshire, la plaque tournante… A-t-il révélé le nom du cerveau, qui est également un tueur ?

— Il a décidé de se taire, tellement il a peur d'être éliminé.

— Aucune cellule n'est sûre, admit Millbank. À votre avis, Wiltshire finira-t-il par craquer si on pousse un peu les interrogatoires ?

— Je n'en ai pas l'impression. Il est si terrorisé. La meilleure option consiste à identifier le meurtrier. Comme vous le supposiez, il y a au moins deux coupables.

— À partir des éléments recueillis, avez-vous une piste sérieuse ?

— Je vais être obligé de bousculer un peu le professeur Ling Mao.

— Une démarche indispensable ?

— Je le crains.

— Avez-vous des biscuits ?

Higgins hocha la tête.

— Votre principal suspect ?

— Peut-être un fil à tirer, mais pas le seul.

— Donc, pas encore de certitude ?

— Pas encore.

— Le professeur chinois n'est pas forcément impliqué.

— À moi d'éclaircir la situation et de comprendre la raison de son faux alibi.

— Faux alibi... C'est fâcheux. Vous connaissant, cela n'a pas dû vous plaire.

Higgins ne commenta pas.

— Les rapports internationaux ne concernent pas le MI5, sauf si le pays concerné fait partie du Commonwealth, ce qui n'est pas le cas de la Chine. Inutile de vous dire que vous marchez sur des œufs.

— Ma carte blanche m'ouvre tous les chemins.

— Ceux de la Chine sont particulièrement tortueux, et Ling Mao ne ressemble pas à saint François d'Assise. Si vous le titillez, il réagira peut-être de manière tranchante.

— Une enquête criminelle n'est pas un long fleuve tranquille.

Le patron du MI5 alluma un cigare et regarda le plafond.

— L'enjeu est considérable, inspecteur. Puissiez-vous aboutir, quelles que soient les conséquences.

— Ne m'avez-vous pas caché un détail essentiel pour mieux me mettre à l'épreuve et vérifier mes capacités ?

Millbank tira une bouffée de son cigare.

— C'est assez dans mon style. Mais pas cette fois. L'affaire est trop grave.

*

La voiture de Scotland Yard, que Higgins avait demandée pour neuf heures, l'attendait devant l'hôtel. Quelques flocons virevoltant dans l'air glacé lui firent songer au *Sonnet d'hiver* de la grande poétesse Harriett J.B. Harrenlittlewoodrof, qui avait décidé de refuser le prix Nobel de littérature, devenu plutôt une honte qu'un honneur :

Blancs fantômes des songes oubliés,
Rêves perdus des enfances lointaines,
Chemins infinis des pays inconnus,
Où me conduisez-vous ?

Le chauffeur prit la direction de Chelsea. Dès qu'il se gara, il avertit le superintendant Marlow que Higgins pénétrait dans l'antre de Ling Mao.

— 36 —

Si la procédure d'accès à l'appartement du professeur Ling était restée la même, le garde du corps et témoin, lui, avait été remplacé. Le nouveau était aussi rébarbatif que le précédent.

Dans la grande pièce, une malle et des valises. Vêtu d'un costume sombre, Ling Mao fumait une cigarette tout en rangeant des chemises.

— Je ne pensais pas vous revoir, inspecteur. Que se passe-t-il ?

— Comptez-vous partir en voyage ?

— Le confinement, c'est terminé. Mon ambassade règle les derniers problèmes avec l'un de vos ministres. Demain, un avion sanitaire me ramène à Pékin.

— Il vous faudra peut-être retarder ce projet, annonça Higgins qui respectait la distance sociale.

Oubliant la légende de l'impassibilité asiatique, le Chinois se mit presque en colère.

— Pour qui vous prenez-vous ? Je n'ai aucun compte à vous rendre !

— Au contraire, professeur. Je mène une enquête criminelle, et vous m'avez fourni un faux alibi, ce qui fait de vous un suspect et vous interdit de quitter Londres.

Le calme de Higgins inquiéta Ling Mao. Il ne s'agissait pas d'une simple provocation.

— Avez-vous la preuve de ce que vous avancez ?

— À l'heure de l'assassinat de Donald Dyck, vous n'étiez pas ici. Circonstance aggravante : le faux témoignage d'un de vos subordonnés.

— Auriez-vous découvert où je me trouvais ?

— En face du centre culturel où réside Indira Shupatavi. Vos explications, je vous prie.

Le Chinois posa sa pile de chemises, écrasa sa cigarette dans un cendrier et en alluma une autre.

— Depuis longtemps, je me méfie de Fitmore. Lors de notre inspection du P4 du pays de Galles, il a eu un comportement curieux avec l'Indienne. Un peu trop de complicité. J'ai ordonné à l'un de mes employés de surveiller ses faits et gestes. Le dimanche 2 février, j'ai appris qu'il était sorti de son palais et roulait vers le nord de Londres. Son véhicule s'est immobilisé à proximité du centre culturel hindou. Pressentant quelque chose de bizarre, certainement un contact plus ou moins occulte avec Indira Shupatavi, représentante d'un immense pays, je me suis rendu sur place.

— Pas d'incident sur votre trajet ?

— Ivan Titanov m'a suivi. Une attitude inamicale qui m'a beaucoup surpris. Je l'ai semé en abandonnant mon taxi pour emprunter le métro. À votre place, je lui demanderais des explications à lui aussi.

Higgins ne broncha pas.

— Je suis arrivé à l'endroit fixé par mon assistant, reprit le Chinois. Nous étions à l'angle d'une ruelle, et j'ai aperçu John Fitmore qui regardait la vitrine du magasin du centre culturel hindou. Il s'est éloigné, a fait quelques pas, est revenu, et a recommencé ce manège une dizaine de fois. Puis il est parti.

— Une preuve de sa présence là-bas ?

Ling Mao sortit de sa poche un téléphone portable.

— Technologie Huawei, la meilleure. Voici une photo, avec la date et l'heure. Regardez.

Un cliché très net montrait l'Américain, de profil, devant la boutique du centre culturel.

— Accepteriez-vous de me confier cet appareil, professeur ?

— Vous voulez le faire examiner par le laboratoire de Scotland Yard ? Entendu. Mais j'aimerais le récupérer.

— Je vous le rendrai dès que possible.

— N'oubliez pas que je pars demain, avec l'autorisation de votre gouvernement.

— Pourquoi m'avoir fourni un faux alibi ?

Ling Mao tourna le dos à Higgins.

— Une erreur, je le reconnais. Mais elle se justifie.

— De quelle façon ?

— Vous ne comprenez pas ?

— J'avoue que non.

— Ignorez-vous que, dans tous les domaines, la compétition entre la Chine et les États-Unis est féroce ? Comme n'importe quel Américain, Fitmore ne songe qu'à préserver la place de première puissance mondiale des États-Unis que lui ravira bientôt la Chine. Tous les coups sont bons, et sa courtoisie dissimule un caractère combatif, uniquement préoccupé de vaincre. Comme on le dit dans certains sports d'équipe, je le marque à la culotte en essayant de prévoir son attaque, digne d'un cobra. Il mijote quelque chose avec l'Indienne, j'ignore quoi. Je regrette d'avoir pris cette photo. C'est pourquoi je vous ai menti.

— Vous regrettez ?

— Vous ne comprenez vraiment rien, inspecteur ! En vous livrant ce document, je vous prouve que Fitmore, à l'heure de l'assassinat de Donald Dyck, se trouvait devant le domicile de l'Indienne. Malheureusement, il ne peut donc pas être le criminel que vous recherchez.

— 37 —

À peine installé à l'arrière de la voiture de Scotland Yard, Higgins utilisa le téléphone pour demander au superintendant Marlow de convoquer séance tenante, de gré ou de force, le professeur John Fitmore. Nul besoin de masque pour conduire. Si nécessaire, on lui en fournirait un dès son entrée dans les locaux de la police.

Autre urgence : l'expertise de Holmes, le jeune génie du laboratoire central du Yard. Les cheveux en bataille, vêtu d'une chemise rose à manches courtes et d'un pantalon de golf, il déboula avec joie dans le bureau de Marlow pour y retrouver Higgins, avec lequel il adorait collaborer.

— De nouveau en piste, inspecteur ! C'est super. Comment vous aider ?

— En autopsiant ce portable.

Higgins confia à Holmes le téléphone du Chinois.

— Dites-moi… Non, ne me dites rien ! Comme ça, pas d'idée préconçue.

— Pourriez-vous me tirer une photo sur papier, grand format ?

— Sans problème. Montrez-moi laquelle.

Holmes sélectionna l'application et tomba très vite sur Fitmore.

— Celle-ci, dit Higgins.

— Je vous la donne très vite. Ensuite, je vide les tripes de cet appareil.

★

En un temps raisonnable, sans violer les limitations de vitesse, le professeur Fitmore avait franchi la distance séparant son domaine de New Scotland Yard. Masqué comme l'Américain, un planton le conduisit au bureau du superintendant, qui le convia à s'asseoir à deux bons mètres de lui et de Higgins.

— Qu'y a-t-il de si urgent, messieurs, pour que vous m'arrachiez à mon confinement ?

— Votre faux alibi, répondit Higgins.

L'Américain demeura impassible.

— M'accuseriez-vous de mensonge ?

— Exactement.

— Avec preuve à l'appui ?

— En effet.

— De quel ordre ?

— Une photographie, comportant la date et l'heure. Dimanche 2 février, à vingt et une heures seize, vous n'étiez pas chez vous.

— Puis-je la voir ?

Higgins présenta à Fitmore le document procuré par Holmes.

— Difficile de nier, admit-il. Qui m'a photographié ?

— Quelle était la raison de votre présence à cet endroit, professeur ?

Très digne, le Bostonien parut cependant atteint.

— Ce n'est pas facile à avouer... Je souhaiterais ne pas en parler.

— Vu les circonstances, ce serait pourtant préférable. Tout laisse penser que vous désiriez conclure un marché avec Indira Shupatavi.

— Un marché ? Vous vous trompez, inspecteur ! Oh non, pas un marché...

Sentant l'Américain sur le point de se confier, Higgins le laissa méditer, la tête basse.

— Ce n'est pas brillant, et je déteste reconnaître mes échecs. Celui-là est particulièrement humiliant. Un fantasme de gamin, à mon âge et avec mes responsabilités... Pourtant, je suis tombé amoureux d'elle et me suis rendu à son domicile pour lui proposer de l'épouser. Une démarche si incongrue que j'ai hésité, une fois, *dix* fois... Et j'ai fini par renoncer. Lamentable. Mais la raison l'a emporté.

★

Un pâle soleil illuminait une journée très fraîche. Higgins avait besoin de marcher pour apaiser le tumulte des pensées contradictoires qui l'assaillaient.

Seule certitude : un assassin, qui avait déjà tué, s'apprêtait à répandre sa folie meurtrière sur la planète. Et ce n'était pas un film à grand spectacle, mais une pulsion de mort qui allait déclencher un tsunami. De quoi invoquer les héros qui, au moins au cinéma, sauvaient le monde. Higgins n'avait nulle envie de se décharger de cette responsabilité, mais aurait-il la capacité de l'assumer ?

Certains éléments s'emboîtaient, d'autres non. Résultat non concluant. S'il avait entraperçu la vérité, l'ex-inspecteur-chef n'avait pas su l'extirper du brouillard. Quelle démarche entreprendre afin d'y parvenir ?

Mains croisées derrière le dos, migraineux, il passa devant la boutique Nature propre. Elle vendait des plantes en plastique, qui présentaient de nombreux avantages, surtout en appartement.

Et l'illumination se produisit.

Higgins s'immobilisa. Un labrador posa ses pattes sur ses hanches et lui lécha la main.

— Pardon, s'excusa une jeune femme, il n'a qu'un an ! Il est encore tout fou !

Higgins le caressa, recueillant un regard de gratitude.

— Ne le réprimandez pas. Il a un bon fond, c'est l'essentiel.

— 38 —

Dans le taxi qui l'emmenait à Scotland Yard, Higgins parcourut ses notes et regarda attentivement la photo qu'avait prise Ling Mao, en se concentrant non sur John Fitmore, mais sur la vitrine du centre culturel hindou. Cette fois, plus de doute.

Maintenant, pas une seconde à perdre.

*

Au moment où l'ex-inspecteur-chef allait prier le superintendant Marlow d'appeler le MI5, ce fut ce dernier qui le contacta afin de s'entretenir dès que possible avec Higgins, qu'il n'avait pas trouvé à son hôtel.

Les deux hommes se saluèrent.

— À vous la priorité, inspecteur.

— J'ai compris ce qu'il s'est passé, et je peux démonter le mécanisme. Il faudrait intercepter le professeur Ling avant qu'il ne s'envole pour la Chine.

— Je m'en occupe.

— Que vos hommes l'amènent ici. Marlow convoque à nouveau le professeur Fitmore. Deux difficultés subsistent. Je crois connaître l'identité de l'assassin de Donald Dyck, mais je n'ai pas de preuve formelle. Ensuite, il est indispensable de mettre la main sur les éprouvettes qui ont été dérobées dans le P4 de Wiltshire et contiennent de terrifiants agents pathogènes. Sur ce point-là, j'ai une idée précise et j'espère que ce sera la bonne.

— La preuve qui vous manque, je vais tâcher de l'obtenir, dit Millbank. Je viens d'identifier la taupe, son interrogatoire débute. C'est un haut fonctionnaire de la maison, pas un homme de terrain. Il ne résistera pas longtemps, et ses aveux devraient être passionnants.

Aussitôt après avoir raccroché, Higgins remit à Marlow la carte de Mudri et le pria de l'appeler. L'ex-inspecteur-chef posa au commerçant indien une série de questions auxquelles il répondit de façon claire et nette.

Enfin, Higgins demanda à son collègue d'entreprendre, sur la Toile, une recherche relative à la *Dylactera milafluens*. Encyclopédies et dictionnaires de botanique fourniraient les renseignements suffisants.

Il n'y avait plus qu'à attendre l'arrivée de l'Américain et du Chinois.

*

Comme une tornade, Holmes, un rapport à la main, pénétra dans le bureau de Marlow et brandit le document devant Higgins.

— Inspecteur, cette photo, c'est...
— Un montage, je sais.
— Comment...
— Déduction oblige.
— Les Chinois ont fait d'énormes progrès technologiques, mais nous avons encore de l'avance. J'ai autopsié le portable, et j'y ai découvert un mouchard, mais pas seulement. Grâce à un système sophistiqué d'intelligence artificielle, l'utilisateur est capable de modifier des arrière-plans, de séparer des objets et d'introduire des éléments étrangers à la photo initiale. Au Yard, nous disposons d'un logiciel qui décèle ce genre de trucages. Jusqu'à récemment, c'était assez peu fiable ; en me fondant sur de nouveaux algorithmes, je suis formel : un montage.
— Beau travail, Holmes.

*

Masqué, d'une élégance décontractée dans son blouson de cuir fauve et son pantalon de flanelle grise, le professeur Fitmore ne manifestait aucune animosité.
— Des progrès dans votre enquête, messieurs ?
— Substantiels, estima Higgins.
— Et ma présence vous semble nécessaire ?
— Je la qualifie même d'essentielle.
— Eh bien, nous verrons si je peux vous aider.
— Asseyez-vous. Nous attendons un autre protagoniste de cette sinistre affaire.

L'Américain ne posa pas de question, comme si le nom de cette personne ne l'intéressait pas.

*

Masqué lui aussi, Ling Mao avait les yeux emplis de rage.

— À cause de vous, j'ai raté mon avion ! Je porterai plainte pour persécution policière, et vous serez démis de vos fonctions !

— Étant à la retraite, répliqua Higgins, je ne cours qu'un risque minime. Si vous vous calmiez ?

— Libérez-moi immédiatement !

— Vous ne saluez pas votre collègue, le professeur Fitmore ?

Les deux scientifiques tournèrent brièvement la tête l'un vers l'autre, sans prononcer un mot.

— Bas les masques, décréta Higgins. Vous savez fort bien que William Wiltshire, sur vos ordres, a inventé un incident dans son P4. Aucune contamination d'aucun ordre ne vous menace. Donc, votre comédie devient inutile. Intéressons-nous, à présent, au plan que vous avez conçu pour semer la mort sur la planète. Un plan qui exigeait l'assassinat de Donald Dyck.

— 39 —

John Fitmore ôta son masque.

— Après tout, si nous émettons du virus, c'est vous qui serez contaminés, messieurs.

Ling Mao l'imita. Autant l'Américain paraissait détaché, autant le Chinois bouillonnait.

Sur le bureau de Scott Marlow, l'agrandissement de la photo prise par l'Asiatique.

— Votre comportement m'a intrigué, professeur Ling, confessa Higgins en tournant lentement autour de lui. Vous avez cédé trop facilement en reconnaissant les faits, ce qui ne correspond pas à votre formation militaire. Il ne s'agissait pas d'aveux, mais d'une manipulation. Vous avez même piégé Ivan Titanov en faisant échouer sa filature et en espérant qu'il m'en parlerait. Objectif majeur : prendre une photo avec votre portable, preuve qu'à l'heure du crime, vous et le professeur Fitmore étiez loin du domicile de la victime. Bien entendu, vous aviez constaté que votre appareil était piégé, ce qui vous arrangeait pour garantir une localisation indiscutable. Vous et votre collègue américain avez insisté sur la zizanie entre Chine et États-Unis, autre rideau de fumée destiné à masquer votre complicité dans cette affaire.

— Pourquoi contestez-vous la validité de cette photo ? s'étonna John Fitmore. Le dimanche 2 février, à vingt et une heures seize, je me trouvais bien devant le centre culturel hindou !

— Non, professeur. M. Mudri est le gérant de la boutique de ce centre. Lorsque j'y suis allé hier pour rencontrer la professeure Indira Shupatavi, j'ai remarqué, parmi les objets exposés, une statuette de Ganesh, le dieu de l'intelligence à tête d'éléphant. Sur la photo prise par le professeur Ling, il ne figure pas. Le témoignage de M. Mudri est formel. Vendredi dernier, Ganesh était dans la vitrine, la statuette a été vendue en fin de journée. Samedi 1er février, pas d'éléphant exposé. M. Mudri a remis une autre sculpture identique dimanche 2 février, vers midi. Sur la photo datée de ce même dimanche, pas de Ganesh. Elle n'a donc pas été prise ce jour-là et à cette heure-là. Le vendredi, vous et les autres experts inspectiez le P4 de Wiltshire au pays de Galles. Le professeur Ling a utilisé son portable le samedi ou, au plus tard, le dimanche matin, mais certainement pas au moment du crime. J'ajoute que le laboratoire de Scotland Yard a décelé un montage. La figure du professeur Fitmore a été introduite de façon artificielle. En truquant ce document, vous vous innocentiez l'un et l'autre. Une innocence qui vole en éclats, une complicité avérée.

L'Américain et le Chinois se figèrent. Visage fermé, lèvres pincées.

— Une alliance difficile à prévoir entre deux démons, poursuivit Higgins, et un plan monstrueux en quatre étapes. Première et deuxième étape : voler des échantillons de substances pathogènes dans deux P4, probablement en Norvège et aux États-Unis, en vous jouant de la sécurité grâce à votre qualité d'experts. Un galop d'essai. Troisième étape : le P4 de Wuhan, qui se livrait à une expérience « gain de fonction » pour augmenter la nocivité des virus. Le professeur Ling a fait abaisser le niveau de sécurité de P4 à P2. Au pire, et c'est peu probable, une enquête internationale gérée par la Chine conclura à un regrettable accident. Les coupables sont connus : le pangolin et la chauve-souris. Pour vous deux, la diffusion du Covid-19, beaucoup moins meurtrier que d'autres virus, était l'occasion d'assister à une expérience dans le monde extérieur, hors d'un laboratoire. Résultat intéressant, mais relativement limité. Quatrième et dernière étape : se procurer des substances pathogènes dans le P4 du pays de Galles, après avoir acheté son directeur, William Wiltshire, à la fois vénal et obsédé par la découverte d'un vaccin universel. Solution finale : déclencher une pandémie hautement destructrice et la stopper grâce à un vaccin produit conjointement par les États-Unis et la Chine, sans que le bon peuple en soit averti. À coup sûr, le prix Nobel pour les professeurs John Fitmore et Ling Mao, une célébrité supérieure à celle d'Einstein, et des royalties presque incalculables. Un projet criminel si abject que j'ai moi-même de la peine à y croire. « Science sans conscience n'est que ruine de l'âme », écrivait le médecin français Rabelais. Il n'imaginait pas à quel point il avait raison.

Le Chinois se renfrognait de plus en plus. Un léger sourire aux lèvres, l'Américain brisa un long silence.

— Vous devez être un adepte de la science-fiction, inspecteur. Vos élucubrations ne concernent ni moi ni mon collègue.

— Un grain de sable a failli détraquer votre mécanique : Donald Dyck. Dûment corrompue par les soins du milliardaire John Fitmore, une taupe du MI5 l'a dénoncé. Dyck avait tout compris. Priorité : l'éliminer. Ainsi, la voie était libre. Ce malheureux n'est pas mort pour rien. Son cadavre a bloqué toute l'opération.

— Le délire continue, observa Fitmore. On n'aurait pas dû vous sortir de votre retraite, inspecteur. Votre cas relève de la psychiatrie.

— Connaissez-vous le magasin Nature propre, professeur ?

— J'avoue que non.

— Il vend des plantes et des fleurs en plastique, parfaitement imitées. De la verdure immortelle chez vous, sans vous salir les mains.

— Où voulez-vous en venir ?

— Dans votre résidence anglaise, le cœur des fleurs est à l'honneur. L'un d'eux m'a troublé, celui de la *Dylactera milafluens*.

— Une rareté brésilienne… Et alors ?

Higgins se tourna vers Scott Marlow.

— Bilan de vos investigations, superintendant ?

— Ce végétal n'existe pas.

— Je me suis trompé de nom, déclara l'Américain. Les appellations des botanistes sont si complexes !

« Quand Millbank appellera-t-il ? » s'inquiéta Higgins tout en se campant devant Fitmore.

— Parmi les natures mortes qui vous fascinent, professeur, celle-là est votre préférée. Ce n'est pas le centre d'une fleur, mais un virus agrandi des millions de fois, aux couleurs chatoyantes. Votre passion. Votre unique amour.

Quelques secondes, Marlow pensa que l'Américain, ébranlé, le menton tremblant, allait craquer. Mais il se reprit et afficha de nouveau sa morgue.

— Et quand bien même, inspecteur ? De quoi m'accusez-vous ?

— D'avoir acheté William Wiltshire en manipulant son amant russe et d'avoir tué Donald Dyck.

— Une preuve, une simple preuve ?

Le mépris de l'Américain était si intense que l'ex-inspecteur-chef aurait dû rentrer sous terre. L'assassin ne prenait même pas la peine de nier.

Le téléphone d'urgence de Marlow sonna. Il décrocha.

— Pour vous, Higgins.

Au bout du fil, le patron du MI5.

— La taupe a parlé. Comme promis, je peux mettre le point final à votre enquête.

— Fitmore est l'assassin, n'est-ce pas ?

— Exact, inspecteur. Il a acheté la taupe, qui lui a procuré l'arme du crime, prélevée dans nos réserves. De temps à autre, il est utile d'incriminer les Russes, et cette manipulation-là aurait pu fonctionner, comme certaines autres. La taupe a vendu Donald Dyck à Fitmore, consciente de participer à un crime, en échange d'une petite fortune. Je possède de magnifiques aveux détaillés, en bonne et due forme. Point final, pas tout à fait… Où Fitmore a-t-il dissimulé son arme de destruction massive ?

— J'espère aboutir.

Higgins s'adressa à l'Américain.

— Comme vous et votre complice n'avez pu mettre votre projet à exécution, aucune condamnation possible sur ce terrain-là. Avocats et juges s'en donneraient à cœur joie. En revanche, professeur Fitmore, vous serez accusé de crime avec préméditation. Quelques années de prison, libération anticipée pour bonne conduite, mais carrière brisée. Le pire châtiment. S'il vous reste un zeste d'humanité, acceptez-vous de m'indiquer l'endroit où vous avez caché les éprouvettes remplies d'agents pathogènes ?

— Certainement pas, répondit l'Américain. Votre succès n'aura été qu'apparent.

— Une intuition : derrière votre photographie géante de virus, n'y aurait-il pas un coffre-fort très spécial ?

Mâchoires et poings serrés, le professeur se redressa.

— J'aurais dû vous tuer, Higgins !

— Épilogue —

En accord avec les plus hautes autorités de l'État, le patron du MI5 avait réduit l'alerte P4 au minimum. Le professeur Fitmore était accusé d'un meurtre tout à fait ordinaire, dont les motivations resteraient obscures. Sans doute une crise de démence due à un burn-out, que ses avocats mettraient en exergue pour obtenir une peine légère. Quant au professeur Ling Mao, qui n'avait commis aucun délit majeur, il était rentré à Pékin. Du côté de l'OMS, on envisageait de renoncer au comité d'experts et de laisser les P4 prospérer, sous la surveillance des États de droit, dont la bonne foi ne saurait être mise en cause.

L'intuition de Higgins s'étant révélée exacte, des techniciens de la police scientifique, vêtus de combinaisons étanches et ressemblant à des scaphandriers, avaient retrouvé les éprouvettes hautement dangereuses, entreposées à bonne température dans un mini-laboratoire caché derrière la photo géante du virus qu'admirait tant l'Américain. William Wiltshire avait certifié qu'il n'en manquait pas une. Condamné à une amende salée pour fraude fiscale, il occuperait un poste de laborantin en Indonésie, après la vente de son hôtel particulier.

Un appel à Mary avait rassuré Higgins : elle, Geb et Trafalgar étaient en pleine forme. Avant de regagner son manoir et le coin du feu, l'ex-inspecteur-chef se devait d'accomplir une ultime démarche. Aussi un taxi le conduisit-il au centre culturel hindou.

Mudri l'accueillit avec enthousiasme.

— Inspecteur ! Vous désirez acheter quelque chose ?

— D'abord, vous remercier de votre témoignage ; ensuite, acquérir l'une des petites merveilles que vous exposez.

— Une préférence ?

— Un éléphant en pierre.

— J'en ai un, très ancien, mais le prix est élevé.

— Montrez-le-moi quand même.

De sa réserve, Mudri sortit un authentique petit Ganesh. L'indispensable marchandage aboutit à un résultat raisonnable.

— Vous avez un goût excellent, inspecteur ; c'est une jolie pièce.

En sari mêlant un rouge profond et un vert pâle, légèrement maquillée, Indira Shupatavi était ravissante.

— Mon enquête est terminée, professeure. John Fitmore a été arrêté pour meurtre.

— Cette affaire ne cache-t-elle pas quelque chose de plus grave encore ?

— Officiellement, non. En réalité, nous sommes passés à côté d'un désastre.

— À cause du P4… Wuhan n'était qu'un avertissement. À force de jouer avec le feu, il finira par consumer la planète entière.

— Je suis venu vous déconfiner, annonça Higgins. Vous voici libre de vos mouvements.

— Cet isolement a été propice à la réflexion, et j'ai pris une décision : je quitte ce comité d'experts et je rentre à Bombay pour y fonder une école où l'on enseignera la médecine traditionnelle. Ainsi, je me sentirai utile.

— Permettez-moi de vous souhaiter bonne chance.

La belle Indienne baissa les yeux, hésitant à faire une confidence.

— J'aimerais… j'aimerais beaucoup vous revoir, inspecteur. Si le hasard conduisait vos pas à Bombay…

— Mon expérience d'enquêteur m'a appris que le hasard n'existe pas. Néanmoins, il est parfois possible de l'organiser.

ŒUVRES DE CHRISTIAN JACQ

Romans

L'Affaire Toutankhamon, Grasset (prix des Maisons de la Presse).
Barrage sur le Nil, Robert Laffont.
Champollion l'Égyptien, XO Éditions.
Le Dernier Rêve de Cléopâtre, XO Éditions.
L'Empire du pape blanc (épuisé).
Les Enquêtes de Setna, XO Éditions :
  * *La Tombe maudite.*
  ** *Le Livre interdit.*
  *** *Le Voleur d'âmes.*
  **** *Le Duel des mages.*
Et l'Égypte s'éveilla, XO Éditions :
  * *La Guerre des clans.*
  ** *Le Feu du Scorpion.*
  *** *L'Œil du Faucon.*
Horemheb, le retour de la lumière, XO Éditions.
Imhotep, l'inventeur de l'éternité, XO Éditions.
J'ai construit la Grande Pyramide, XO Éditions.
Le Juge d'Égypte, Plon :
  * *La Pyramide assassinée.*
  ** *La Loi du désert.*
  *** *La Justice du vizir.*
La Création du Temple de Salomon, Ebook (uniquement).
Maître Hiram et le roi Salomon, XO Éditions.
Le Moine et le Vénérable, Robert Laffont.
Mozart, XO Éditions :
  * *Le Grand Magicien.*
  ** *Le Fils de la Lumière.*
  *** *Le Frère du Feu.*
  **** *L'Aimé d'Isis.*
Les Mystères d'Osiris, XO Éditions :
  * *L'Arbre de vie.*

** *La Conspiration du mal.*

*** *Le Chemin du feu.*

**** *Le Grand Secret.*

La Naissance d'Anubis ou le Crime suprême (nouvelle), J Éditions.

Néfertiti, l'Ombre du Soleil, XO Éditions.

Pharaon, mon royaume est de ce monde, XO Éditions.

Le Pharaon noir, Robert Laffont.

La Pierre de lumière, XO Éditions :

* *Néfer le Silencieux.*

** *La Femme sage.*

*** *Paneb l'Ardent.*

**** *La Place de Vérité.*

Pour l'Amour de Philae, Grasset.

Le Procès de la momie, XO Éditions.

La Prodigieuse Aventure du Lama Dancing (épuisé).

Que la vie est douce à l'ombre des palmes (nouvelles), XO Éditions.

Ramsès, Robert Laffont :

* *Le Fils de la Lumière.*

** *Le Temple des millions d'années.*

*** *La Bataille de Kadesh.*

**** *La Dame d'Abou Simbel.*

***** *Sous l'acacia d'Occident.*

La Reine Liberté, XO Éditions :

* *L'Empire des ténèbres.*

** *La Guerre des couronnes.*

*** *L'Épée flamboyante.*

La Reine Soleil, Julliard (prix Jean-d'Heurs du roman historique).

Sphinx, XO Éditions.

Toutânkhamon, l'ultime secret, XO Éditions.

Urgence absolue, XO Éditions.

La Vengeance des dieux, XO Éditions :

* *Chasse à l'homme.*

** *La Divine Adoratrice.*

Ouvrages pour la jeunesse

Contes et légendes du temps des pyramides, Nathan.

La Fiancée du Nil, Magnard (prix Saint-Affrique).

Les Pharaons racontés par…, Perrin.

Essais sur l'Égypte ancienne

Ces femmes qui ont fait l'Égypte, XO Éditions.

L'Égypte ancienne au jour le jour, Perrin.

L'Égypte des grands pharaons, Perrin (couronné par l'Académie française).

Les Égyptiennes, portraits de femmes de l'Égypte pharaonique (épuisé).

Les Grands Sages de l'Égypte ancienne, Perrin.

Initiation à l'Égypte ancienne, MdV Éditeur.

La Légende d'Isis et d'Osiris, ou la Victoire de l'amour sur la mort, MdV Éditeur.

Les Maximes de Ptah-Hotep. L'enseignement d'un sage du temps des pyramides, MdV Éditeur.

Le Monde magique de l'Égypte ancienne, XO Éditions.

Néfertiti et Akhénaton, le couple solaire, Perrin.

Paysages et paradis de l'autre monde selon l'Égypte ancienne, MdV Éditeur.

Le Petit Champollion illustré, Robert Laffont.

Pouvoir et sagesse selon l'Égypte ancienne, XO Éditions.

Préface à : *Champollion, grammaire égyptienne*, Actes Sud.

Préface et commentaires à : *Champollion, textes fondamentaux sur l'Égypte ancienne*, MdV Éditeur.

Rubriques « Archéologie égyptienne », dans le *Grand Dictionnaire encyclopédique*, Larousse.

Rubriques « L'Égypte pharaonique », dans le *Dictionnaire critique de l'ésotérisme*, Presses universitaires de France.

La Sagesse vivante de l'Égypte ancienne, Robert Laffont.

La Tradition primordiale de l'Égypte ancienne selon les Textes des Pyramides, Grasset.

La Vallée des Rois, histoire et découverte d'une demeure d'éternité, Perrin.

Voyage dans l'Égypte des pharaons, Perrin.

Autres essais

La Flûte enchantée de W.A. Mozart, traduction, présentation et commentaires de C. Jacq, MdV Éditeur.

La Franc-maçonnerie, histoire et initiation, Robert Laffont.

Le Livre des Deux Chemins, symbolique du Puy-en-Velay (épuisé).

Le Message initiatique des cathédrales, MdV Éditeur.

Saint-Bertrand-de-Comminges (épuisé).

Saint-Just-de-Valcabrère (épuisé).

Trois Voyages initiatiques, XO Éditions :

* La Confrérie des Sages du Nord.*

** Le Message des constructeurs de cathédrales.*

*** Le Voyage initiatique ou les Trente-Trois Degrés de la Sagesse.*

Albums illustrés

L'Égypte vue du ciel (photographies de P. Plisson), XO Éditions et La Martinière.

Karnak et Louxor, Pygmalion.

Le Mystère des hiéroglyphes, la clé de l'Égypte ancienne, Favre.

La Vallée des Rois, images et mystères (épuisé).

Le Voyage aux pyramides (épuisé).

Le Voyage sur le Nil (épuisé).

Sur les pas de Champollion, l'Égypte des hiéroglyphes (épuisé).

Bandes dessinées

Les Mystères d'Osiris (scénario : Maryse, Jean-François Charles ; dessins : Benoît Roels), Glénat et XO Éditions :

* L'Arbre de vie (1).*

** L'Arbre de vie (2).*

*** La Conspiration du mal (1).*

**** La Conspiration du mal (2).*

ON EN PARLE…

« Higgins travaille comme nous le faisons, dans la réflexion. Il écoute, il observe, il relève ce qui est anachronique et incohérent. Ensuite, il réfléchit, analyse et pose les bonnes questions. Depuis trente-trois ans au service de la gendarmerie et de l'IRCGN, c'est ainsi que je forme les enquêteurs et les techniciens qui travaillent avec moi. »

Capitaine THOMAS,
IRCGN.

★

« La recette de Christian Jacq est simple : une intrigue bien construite, des personnages attachants et une écriture alerte. Simple, efficace… On n'a jamais fait mieux ! »

Thierry NIOGRET,
France Bleu Béarn.

★

« Une tradition d'enquête policière où la résolution des crimes commis ne doit rien aux procédés technologiques modernes, mais tout à la sagacité d'un enquêteur, l'inspecteur Higgins, digne héritier des Poirot ou Holmes. »

Nicolas BLONDEAU,
Le Progrès.

★

« Il n'est pas exagéré de dire que le lecteur, littéralement absorbé, mène les investigations au côté de l'inspecteur Higgins. »

Noëlle de SONIS,
La Manche libre.

★

« Le livre est rythmé, l'enquête digne d'un roman d'Agatha Christie. La recette est classique, mais la magie opère toujours. Le lecteur est captivé jusqu'aux dernières pages. »

Franck BOITELLE,
Paris-Normandie.

★

« Christian Jacq mène avec une redoutable efficacité et une délicieuse sophistication un récit bien sombre et bien cadencé. Le lecteur est bousculé par les contre-indices qui jaillissent à chaque page. Il se laisse baigner par l'atmosphère enveloppante du récit. Ambiance crépusculaire et frissons garantis jusqu'à la dernière ligne. »

Véronique EMMANUELLI,
Corse-Matin.

★

« Higgins n'écoute que son bon sens et balaie d'un revers toute précipitation. Poirot et Maigret, ses illustres confrères, usent de la même sagesse. »

Vincent ROUSSOT,
L'Yonne républicaine.

★

« Fidèle à son habitude, Higgins va devoir user de son sens de l'observation, de sa maîtrise de la conversation et de sa perspicacité pour faire toute la lumière. »

Lyliane MOSCA,
L'Est-Éclair.

★

« Des polars à l'anglaise qui respectent à merveille les canons du genre, à commencer par les personnages, très typés… Des romans plaisants et distrayants, qui plus est bien écrits, pour passer le temps en avion, dans le train, ou en cachette au bureau derrière son Mac.

Depuis le paradis des romanciers, sainte Agatha Christie doit considérer avec plaisir la réussite de l'un de ses fidèles continuateurs. »

Philippe LE CLAIRE,
L'Union-L'Ardennais.

★

« Le livre se déguste comme un bon Agatha Christie et on attend avec impatience de découvrir la suite des aventures de cet inspecteur de Scotland Yard qui tient autant d'Hercule Poirot que de l'inspecteur Columbo ! »

Florence DALMAS,
Le Dauphiné libéré.

★

« Un roman fidèle à l'atmosphère et aux retournements de situation, tels que les aime Christian Jacq. Et nous avec. »

Yves DURAND,
Le Courrier de l'Ouest.

★

« Atmosphères troubles, énigmes *a priori* inextricables, personnages hauts en couleur, fausses pistes de tous côtés… Délectez-vous des enquêtes menées de main de maître par l'incomparable Higgins. »

Le Grand Livre du mois.

★

« Délicieusement désuet, mais très moderne en même temps, le héros de Christian Jacq est réellement postmoderne. Réjouissant ! [...] On est enchanté du début à la fin. Avec une régularité métronomique, l'auteur livre ses gouleyantes enquêtes de l'inspecteur Higgins. Du grand art et une belle constance ! On en redemande. »

Bernard CATTANÉO,
Courrier français.

★

« Posé, poli, Higgins a tout du gentleman. Les personnages qu'il croise le sont sans doute moins. [...] Tel un Sherlock Holmes ou un Hercule Poirot, il note tout. Le visible comme l'invisible n'ont pas de secret pour lui. On tente, de rencontre en rencontre, de deviner avec, voire avant lui, le fin mot de l'histoire mais Christian Jacq se joue de nous. Il nous faut, nous aussi, séparer le bon grain de l'ivraie, passer outre les apparences et les évidences. »

Sébastien DIEULLE,
La Semaine de l'Île-de-France.

Composition et mise en page
Nord Compo à Villeneuve-d'Ascq

Achevé d'imprimer sur Roto-Page
par l'Imprimerie Floch à Mayenne
en février 2021

N° d'édition : 4491/02 – N° d'impression : 97788
Dépôt légal : janvier 2021

Imprimé en France